# 一笑

古龍自署

國際學術研討會

# 古龍武俠小說 領先時代半世紀

【記者賴素鈴／報導】江湖代有才人出，這廂古龍凋零二十載，那廂今朝懸賞百萬獎新秀，浪淘不盡，唯有武俠熱愛，不隨時間變易，在學術研討會上更見分明。以「一代鬼才：古龍與武俠小說」爲主題，淡江大學第九屆文學與美學國際學術研討會昨起在國家圖書館，展開爲期兩天的議程，紀念武俠小說家古龍逝世二十周年，新生代學者與古龍故舊齊聚一堂，以文論劍話武俠。

日前與淡大中文系教授林保淳共同發表《台灣武俠小說發展史》，武俠小說評論家葉洪生昨天在專題演講中，直批胡適1959年底發表「武俠小說下流論」是「胡說」，學界泰斗的不當發言以及隨即展開的「暴雨專案」，反而促成1960年起台灣武俠新秀的繁興，「武俠小說迷人的地方，恰恰在門道之上。」，葉洪生認定，武俠小說審美四原則在文筆、意構、雜學、原創性，他強調：「武俠小說，是一種『上流美』。」

集多年心血完成《台灣武俠小說發展史》，葉洪生認爲他已爲從十歲起迷上武俠小說的半世紀畫上完美句點，並且宣布他「以後決心退出武俠論壇，封劍退隱江湖」。

雖然葉洪生回顧武俠小說名家此起彼落，套太史公名言「固一世之雄也，而今安在哉？」，認爲這是值得深思的嚴肅課題，昨天意外現身研討會而備受矚目的溫世禮，則爲了紀念同是武俠迷的哥哥溫世仁，推出第一屆「溫世仁武俠小說百萬大賞」，即日起至今年10月3日截止收件，經兩階段評選後於明年12月7日公布首獎得主，預料將會是一場武林新秀的龍虎爭霸戰。

看明日誰領風騷？風雲時代出版社發行人陳曉林眼中的古龍，其實領先他的時代半世紀，以致如今雖然古龍逝世20年，陳曉林認爲大家對古龍的了解仍然有限，預言未來世代更能和古龍的後設風格共鳴。

昨天這場研討會，也凸顯武俠小說作爲一項文學研究門類，仍有待開發學習空間。多位與會者都指出，武俠小說的發表、出版方式和管道具考證難度，學術理論與論文格式的建立待加強。而武俠名家的版權之爭、市場競爭力，也增加出版推廣困難，古龍武俠小說的版權糾紛、司馬翎作品的版權官司也成爲研討會的場外話題。

與

武俠小說

第九屆文學與美

古龍兄為人慷慨豪邁、跌蕩自如，變化多端，文如其人，且復多奇氣，惜英年早逝，余與古兄當年交好，且喜讀其書，今茲不見其人，又無新作可讀，深自嘆惜。

金庸

一九九六、十、十一、香港

驚魂六記之

古龍集外集 3

# 黑蜥蜴（上）

古龍——創意
黃鷹——執筆

古龍集外集③

驚魂六記之

# 黑蜥蜴(上)

# 目錄

【驚魂六記代序】

# 恐怖也有它獨特的意境

想寫「驚魂六記」，是一種衝動，一種很莫名其妙的衝動。

一種很驚魂的衝動——驚的也許並不是別人的魂，而是自己的。

因為這又是一種新的嘗試。

嘗試是不是能成功？

天知道。

我不知道，我真的不知道，我嘗試過太多次。

古龍

有些成功，有些失敗。

幸好還有些不能算太失敗。

寫武俠小說，本來就是該要讓人驚魂的。

荒山，深夜，黑暗中忽然出現了一個人，除了一雙炯炯發光的眸子，全身都是黑的，就像是黑夜的精靈，又像是來自地獄的鬼魂。

如果是你，忽然在黑暗的荒山看見了這麼樣一個人，你驚魂不驚魂？

一刀要砍在你脖子上，一槍要刺在你肚子裏，你驚魂不驚魂？

不驚魂才怪。

我要寫的驚魂，並不是這種驚魂。

恐怖也有它獨特的意境。

「意境」這兩個字，現在已經不是個時髦的名詞了。

現在大家講究的是趣味，是刺激，是一些能令人肉體官能興奮的事。

意境卻是屬於心靈的。

所以恐怖的故事才必須有意境。

因為只有從心靈深處發出的恐怖，才是真正的恐怖。

那種意境，絕不是刀光血影，所能表達的了。

那才是真正的驚魂。

好萊塢的電影「大法師」就表達了這種意境，它的畫面、影象、動作、聲響，都能令人從心底生出恐懼，一種幾乎已接近噁心的恐怖。

可惜寫小說不是拍電影。

小說沒有畫面影象，也沒有動作音調，只有用另一種方式表達。

要用什麼方法才能表達出一種真正恐怖的意境來？

文字。

無論寫什麼小說，文字都絕對是最重要的一環。

故事當然更重要。

沒有故事，根本就沒有小說。可是故事中真正令人恐怖的卻很難找尋。

有人說，鬼故事最恐怖，鬼魂的幽冥世界也最神秘。

可是又有誰真的見過鬼魂？

這種故事是不是也太虛幻？太不真實？

我總覺得在現代的小說中──無論是哪一種小說，都一定要有真實性。

所以我寫的「驚魂六記」究竟是種什麼樣的小說，到現在還沒有人知道。

只有等各位看過才知道。

【導讀推薦】

# 《黑蜥蜴》：心靈深處發出的恐怖

著名文化評論家 秦懷冰

《黑蜥蜴》亦是古龍創意、黃鷹執筆的「驚魂六記」之一，古龍親自擬撰此書的故事大綱，交由文字風格和表述方式酷肖自己的黃鷹完成文本，所以，「驚魂六記」其實是古龍和黃鷹合作的系列作品。這是眾所周知的武俠小說掌故了。

既然是出於古龍的創意，故本書自也著重表現古龍對「恐怖的意境」之描摩。古龍在「驚魂六記」的前言中強調，恐怖也有它的意境，恐怖的故事才必須有意境，而意境是屬於心靈的，因為只有從心靈深處發出的恐怖，才是真正的恐怖。《黑蜥蜴》

把心靈深處發出的恐怖刻畫得入木三分，由嫉妒而造成心理的扭曲、偏執、殘酷、邪異，這樣的恐怖才是真正的驚魂，故而深契古龍對「驚魂的意境」之設定。黃鷹不負古龍的栽培和指引，將「驚魂六記」系列作了稱職的展演。

## 武俠加驚悚、懸疑

誠如武俠評論名家陳墨的點評：「驚魂六記」的配方是武俠加驚悚，而《黑蜥蜴》則又增加了懸疑、偵探、愛情的元素，更加新鮮別致。因此，這小說的看點不僅在其故事表層神秘、驚悚與懸疑，更在於其深層真相發人深思，而核心則是愛情悲劇。

故事起於遊俠龍飛與其未婚妻丁紫竺相約晤面，郎情妾意，久別重逢，這本應是一場浪漫的情節，然而久候之下非但佳人渺如黃鶴，更且一再出現以黑蜥蜴形象為掩飾的殺手群狙擊、暗算、偷襲。各種詭秘莫測、匪夷所思的騷擾與刺探，令龍飛疲於應付，而諸般情節的蛛絲馬跡，似令人疑心丁紫竺因移情別戀而欲擺脫龍飛。

隨著情節的推展，重心卻轉為丁紫竺之父丁鶴與其至交好友蕭立的恩怨情仇，只因龍飛是丁鶴的準女婿，故被捲入這場詭異驚悚的風暴。事緣丁鶴和蕭立兩人在當年同時愛上大盜白風之女白仙君，而白仙君愛的是丁鶴，其父不明究理，卻將她許配給蕭立。白風亂點鴛鴦的結果，是丁鶴難以斬斷情絲，特地娶了白仙君的表妹，俾能與蕭立比鄰而居。丁白二人雖始終未及於亂，但情愫脈脈難以自已，蕭立自難免懷疑妻子紅杏出牆；何況丁鶴身上有形如蜥蜴的黑色胎記，而蕭立的兒子蕭玉郎竟也身有同樣胎記，於是，「黑蜥蜴」就成了蕭立念茲在茲的夢魘。壓抑日久，及至白仙君逝世三年，這夢魘終於發作，故而蕭立要殺「情敵」丁鶴及其女紫竺，要殺「孽子」蕭玉郎，並遷怒於龍飛，以致龍飛陷入詭異的「黑蜥蜴」暴襲。

## 黑蜥蜴夢魘的原委

但事實的真相卻是，白仙君與丁鶴雖餘情未斷，曾有一次私下會面，但畢竟未逾分寸，只不過蕭立疑心生暗鬼，嫉妒心扭曲了一切。而蕭玉郎卻本是丁鶴與白氏的表妹之子，身有黑蜥蜴胎記本不足為奇，反而紫竺才是蕭立之女，只因兩表姐妹臨盆時，侍女因故調換了男女嬰兒，竟使得蕭立從此患上「黑蜥蜴夢魘」，進而做下一連串驚悚恐怖的殺人案件。

及至丁鶴因有口難言，回劍自裁，而蕭立卻弄清楚了當年的事實真相，明白自己錯疑了「孽子」玉郎，想要襲殺的「仇人之女」紫竺則其實本是自己的女兒，一再設計以黑蜥蜴形象去狙擊的龍飛更完全是遭到無妄之災。大錯已經鑄成，種種心魔皆是因嫉妒而起，人生至此，誠然已經無路可走，所以，蕭立拭淚認女後亦反手一槍自刺胸膛，自是勢所必然。陳墨指出，《黑蜥蜴》的表層是神秘、驚悚與懸疑，而深層真相更發人深思，核心是愛情悲劇，確實是切中肯綮的評述，殊非泛泛之論。

整個悲劇，其實只起因於蕭立在婚後半年的某一天，自外地回來時未見到其妻，去尋覓時在其妻未嫁前居住的小樓門前發現她從地道中走出，身穿褻衣，酒痕斑駁，腳步踉蹌，臉上紅霞未褪；他因原已疑心丁鶴與其妻有染，故去窺伺丁的動靜，卻見丁手捧一件紅衣，神思不屬，遂即斷定二人必是戀姦情熱，私通已久。事實上丁白二人互訴衷腸共只此一回，雖相思憂苦，酒入愁腸，仍始終未及於亂。此番情節，與莎翁名劇《奧賽羅》中悲劇男主奧賽羅因多疑、偏執，懷疑妻子與人有染，心理扭曲下狂肆暴虐，卒至鑄下不可挽回的慘禍，簡直如出一轍。

## 心魔的投影，人性的弱點

可見因愛情不諧而心理失衡，又因心理失衡而敏感多疑，進而以扭曲偏執的眼光去看待身邊的一切事物，終於理性淪沒、心理變態而惡性大發，為自己及所有相關的親人、友朋帶來難以彌補的傷害，乃是人性常見的弱點之一；若無清明的反省能力與冷靜的理智判斷，無論中外，人都不時有受制於人性的弱點，以致重蹈覆轍的可能。《黑蜥蜴》以一個武俠加驚悚再加上懸疑、偵探、愛情的配方，將這樣一個「奧賽羅式」的悲劇故事，以快速推進而又峰迴路轉的敘事技巧娓娓道來，其詭秘性略略似乎沖淡了悲劇感，但寓言功能和倫理啟示仍是彰明昭著的。

「黑蜥蜴夢魘」是一種懷疑自己遭到情人或配偶欺騙、出賣的心理變態現象，世人大多有之；但若所疑者並無其事，只是自己疑神疑鬼，則所設想的種種幻境，其實皆是心魔的投影。在此書中，龍飛因約會紫竺卻未見伊人現身，遭遇多次詭秘莫測的外力攻殺後又赫然見到紫竺的裸體雕像，也不免疑神疑鬼；及至聽聞貌如潘安的「魔手」蕭玉郎與紫竺青梅竹馬，且曾向紫竺求婚，龍飛更對紫竺與自己的愛情是否經得起考驗，開始產生嚴重的疑慮。好在龍飛始終未喪失清明的反省能力與冷靜的理智判斷，故有勇氣面對真相，敢於當面向情人詢問，從而一舉解消了「黑蜥蜴夢魘」。

這正是古龍所曾強調的：只有從心靈深處發出的恐怖，才是真正的恐怖！而克服這種恐怖的唯一途徑，就是如故事中的龍飛這樣勇於面對真相，而且坦然迎向命運的挑戰，不向一切詭秘、驚悚、邪惡的勢力屈服！

# 一 決鬥

黃昏。

西風落葉，晚日蒽蘢。

司馬怒悍然立在樹下，衣角頭巾在急風中獵獵飛舞，驟看來，像要隨風飛去。

山坡上只有那一株樹，周圍亦只有他一個人。

風吹蕭索。

天地蒼涼。

而人更顯得孤獨了。

七丈外徘徊著一匹馬。

那匹馬渾身赤紅，一根雜毛也沒有，無疑是一匹駿馬，現在卻顯得疲乏之極。

馬身汗水淋漓，映著夕陽閃閃生輝，滿口白沫，忽然仰首，一聲悲嘶。

司馬怒應聲回首，濃眉一皺，又別過頭去。

那匹馬是他的坐騎。

他飛馬奔來，一下馬，就將馬逐走，可是那匹馬奔出不過十丈便停下，徘徊不去，彷彿不忍主人獨自在這裡等待死神的降臨。

司馬怒沒有理會，一直到現在，悲嘶聲入耳，才回頭望上一眼。

也只是一眼。

因為他實在不想分心。

◇

「快刀」司馬怒縱橫江湖已經十年，從來未逢敵手。

大盜「追風劍」獨孤雁一劍追風，以劍法之快名震兩河，但在他面前，只刺出三劍，便被他一刀砍下頭顱。

兩河的江湖朋友不少都認為他那把快刀已經天下無敵。

每聽到這種話，司馬怒都只是淡然一笑。

別人也許不知道他的刀有多快，他卻是知道的。不過，他也知道自己那把快刀絕不是天下無敵，十年來未逢敵手，只不過因為未嘗與一個真正的高手交鋒。

這未嘗不是一種幸運。

現在這種幸運相信已到了盡頭。

司馬怒有這種感覺。

十年縱橫江湖，他雖然未曾與真正的高手交手，卻見過真正的高手出手，深深感覺到這種高手的厲害，的確可怕！

在兩河地面，這種高手他知道的已經有四人。

杜雷雙斧開山！

丁鶴一劍勾魂！

蕭立三槍追命！

龍飛一劍九飛環，出身才不過三年，聲名已凌駕前三人之上。

別人也許清楚，司馬怒並不清楚龍飛的武功怎樣。

但對於杜雷，他卻是清楚得很。

因為他認識杜雷已經八年。

杜雷雙斧飛舞，風雲變色，脫手飛斧，取人頭於十丈之內，易如拾芥。

司馬怒三次目睹杜雷飛斧殺人，對於杜雷的手法相當清楚，但仍然只有四成把握接著杜雷的飛斧一擊。

杜雷卻已在三個月之前，伏屍龍飛的劍之下。

所以對於應付龍飛的一劍九飛環，司馬怒實在連一分把握也沒有。

可是他仍然約龍飛到來這個斷腸坡決一死戰！

杜雷是他的結拜兄弟。

杜雷舉目無親，也就只有他這一個結拜兄弟。

山坡本來無名，十二年前，「刀魔」諸萬鈞，與「劍神」公孫向決戰於山坡之上，劍折刀斷，肝腸寸斷，才名斷腸坡。

司馬怒約戰龍飛選擇這個地方，並不是全無原因。

當年的一戰，刀既斷，劍亦折，人同歸於盡。

今日的一戰又如何？

當年的一戰相約在黃昏，今日的一戰，司馬怒也是訂在黃昏。

現在已經是黃昏。

龍飛人何在？

◇◇◇

西風吹冷不知衣。

一隻烏鴉逆風飛來，「啞」一聲，便要在司馬怒頭上飛過。

古老相傳烏鴉乃是不祥之鳥，鴉啼更是不祥之兆。

司馬怒濃眉一剔，三尺七寸的長刀突然出鞘！

刀光一閃，烏鴉飛過，飛前一丈，倏的血雨飛激，齊中分成兩片！

好快的一刀！

◇

血雨未下，刀已入鞘。

一陣急激的馬蹄聲即時順風吹至。

司馬怒放目望去，山道那邊，一騎正迅速奔來。

白馬錦衣！

◇

白馬箭矢一樣直衝上山坡，「希聿聿」一面長嘶，在司馬怒身前三丈停下來。

鞍上錦衣人旋即落地。

二十四五年紀，七尺長短身材，劍眉星目，直鼻圓腰，風流倜儻，意氣騰驤。

在他的左腰，斜掛著一支長劍。

劍雖然是殺人的利器，他配來，卻絲毫也沒有給人可怕的感覺。

他給人的感覺，也本來就是一個和藹可親的人。

在他的面上，總帶著三分笑容。

發怒的時候當然是例外。

他發怒的時候卻並不多。

到目前為止，他只是發怒過七次，那七次之中，他卻殺了二十八個人。

不是一次四個，七次二十八個。

最多的一次，他一口氣殺了九個人，那是無惡不作的「連山九毒」。

最少的一次，只是一個人。

三個月之前的事情。

殺的就是杜雷。

◇◇◇

現在龍飛的面上也是帶著三分笑容。

司馬怒的面上卻是連一分笑容也沒有，他冷然盯著龍飛滾下馬鞍，忽然一聲冷笑，問道：「龍飛？」

「司馬怒？」龍飛回問一聲。

「正是！」

「有勞久候。」

「來得正是時候！」司馬怒的右手握住刀柄，倏的又鬆開。「你一路策馬趕來，想必已有些疲倦，且休息片刻再說。」

「無妨。」

「司馬怒從來都沒有佔過別人的這種便宜！」

「好漢子！」龍飛一帶韁繩。

那匹白馬緩緩踱了開去。

龍飛亦負手繞著那株樹緩緩的踱了一圈，回到原處，目光忽然落在那隻死鴉之上，道：「好快的一刀！」

司馬怒木然道：「過獎！」

龍飛目光一抬，道：「你約我到來斷腸坡一戰，就因為我殺了杜雷？」

司馬怒說道：「杜雷與我乃是結拜兄弟。」

「我知道。」

「知道，最好。」

「未悉你是否知道我何以殺杜雷？」

「因為杜雷攔途截劫，連斬鎮遠鏢局鏢師五人！」

「還有趟子手十七人，鎮遠鏢局一伙二十五人，只三人倖免。」

「痛快！」

龍飛面色一沉，說道：「可是肺腑之言？」

司馬怒不笑反問：「鎮遠鏢局與你有什麼關係？」

龍飛道：「天下人管天下事！」

「好一個天下人管天下事！」司馬怒仰天大笑。

龍飛沉聲道：「當日我聞聲趕到之時，已經有十八人死在他斧下，我遙呼住手，他仍然再殺四人，若非我拔劍阻止，餘下的三人亦難倖免。」

司馬怒沒有作聲。

龍飛接道：「那五個鏢師倒在他斧下，已無人膽敢阻止他了。」

司馬怒截道：「當日的情形，我並不清楚，也不想清楚！」

龍飛一剔眉。

司馬怒徐徐接道：「我只清楚一件事，殺杜雷的人是你！」

龍飛道：「據我所知，你雖然也是綠林出身，十年來劫的都是不義之財，更從不濫殺無辜。」

司馬怒說道：「未悉你是否知道一件事？」

龍飛道：「什麼事？」

司馬怒一字字的道：「若非杜雷拚命相救，八年前司馬怒已死在追魂十八劍之下！」

龍飛沉默了下去。

司馬怒接道：「我不是一個忘恩負義的人！」

龍飛點頭，道：「所以你我今日一戰，勢在必行？」

司馬怒回答道：「生死之戰，別無選擇！」

龍飛一聲嘆息。

司馬怒鬆開的右手握住了刀柄，猛喝道：「拔劍！」

霹靂一樣的喝聲，風雲剎那也彷彿為之變色。

◇

紅日已半落在那邊遠山，殘霞如血，風更急。

龍飛霹靂喝聲下，拔出了腰配長劍。

鞘旁斜掛著九枚金環，劍拔環搖，發出了「叮叮」的一連串聲響。

每一枚金環都有手掌般大小，閃亮奪目。

劍鋒更閃亮，「嗡」一聲龍吟。

司馬怒目光一落，道：「好劍！」

龍飛道：「出自名家之手，縱然不好，相信也不會怎麼壞。」

「可有名？」

龍飛搖頭。

「如此好劍，竟然無名，可惜！」司馬怒「嗆啷」的拔刀出鞘！

三尺七寸的長刀，鋒利，雪亮！

龍飛目光一落，道：「這把只怕不是無名之刀。」

司馬怒傲然一笑。

龍飛接道：「請教——」

司馬怒一字一頓的道：「驚鯢。」

龍飛道：「刀既好，名也好！」

司馬怒道：「且看這刀法又如何？」

語聲一轉，沉喝道：「接我一刀！」

人刀突然箭矢般射出，一刀劈向龍飛的胸膛。

「颼」一聲破空聲響，凌厲的刀風激起了一地的落葉。

只看這聲勢，已經是驚人。

龍飛卻沒有閃避，一劍迎前去！

劍光迅急而輝煌。

刀劍一剎那交擊，叮叮噹噹的珠走玉盤也似的一陣亂響！

司馬怒那一劈之中赫然暗藏七式，每一式之中又再暗藏七種變化。

剎那之間，一劈竟然就是七七四十九刀！

「快刀」司馬怒，果然名不虛傳！

龍飛卻完全接下。

兩人一觸即退，一退半丈。

司馬怒左掌一沉，刀身向上一抹，雪亮的刀身之上立刻多了一抹水珠。

那是他掌心的汗珠。

刀無缺。

龍飛劍一挑，劍脊斜壓著眉心鼻樑，緩緩下沉。

劍鋒亦無損。

激起的落葉卻在兩人之間紛紛灑落，每一片落葉都已被刀光劍氣絞成了粉碎。

楓樹落葉，殷紅如血。

兩人之間就像是灑下了一場血雨。

◇

血雨尚未盡落，又被激起。

司馬怒狂嘯揮刀，刀快如閃電。

狂嘯聲未絕，司馬怒已然劈出一百四十刀！

龍飛一劍千鋒，那把劍施展開來，絕不比司馬怒稍慢！

他右手運劍，左手斜按在劍鞘之上，卻沒有觸動劍鞘旁邊那九枚金環。

司馬怒一百四十刀出手，身形亦一變再變三變。

龍飛屹立原地，一動也不動，他的劍顯然比司馬怒的刀還要快！

他若是移動身形，毫無疑問就可以反擊。

司馬怒豈會瞧不出來，嘯聲一落，身形又變，刀勢亦變，刀隨身轉，劃了一個圓圈，「嗚」的斬了出去！

漫天飛舞未落的葉粉順著刀勢颯然打了一個旋子，司馬怒的周圍立時多了一個血紅色的漩渦，人看來就像是浴在血海之中。

龍飛一眼瞥見，脫口道：「旋風十三斬！」

「旋」字出口，人已沖天飛起，斬字未落，已經凌空三丈！

司馬怒緊接著拔起身子，人刀飛旋，追斬龍飛！

那一股血紅色的漩渦跟著旋了上去，一股突然變成了七股！

嗚嗚之聲不絕，司馬怒凌空連斬了七刀！

這七刀完全沒有變化，一刀就是一刀，卻遠遠比方才那一百四十刀狠辣得多了。

刀勢急勁，角度刁鑽。

這正是司馬怒仗以成名江湖的「旋風十三斬」之中的七斬。

龍飛人在半空，身形飛舞，閃三刀，接三刀，再閃一刀，凌空一翻，身形卻落在那株楓樹的樹梢之上！

司馬怒咆哮一聲，人刀一轉，斜斬而下！

「刷」的一下異響，樹梢在刀光中兩斷，一蓬楓葉被摧成粉碎！

龍飛卻已貼著樹幹滑落。

司馬怒的身形亦自急落，又是三刀斬出。

三刀都落空，第三刀距離龍飛的頭顱只三寸。

龍飛著地偏身，斜閃半丈，身形方動，那株楓樹便斷成了四截，凌空倒下，所有的楓葉，盡摧成粉屑！

司馬怒非獨刀快，刀上的威力亦非同小可。

他的第十一刀連隨斬出，追擊龍飛！

這一刀的威力更驚人！

龍飛身形一頓，長劍一展，一招三式，迎向斬來的那一刀。

「叮叮叮」三響，凌厲的刀勢剎那停頓。

龍飛以三劍破了司馬怒那一斬！

司馬怒一聲「好！」第十二斬出擊仍只是一刀，這一刀的角度比前十一刀最少刁鑽狠勁三分！

龍飛身形遊走，霎時間一劍三招，一招三式，連環九劍！

「叮叮」九響，龍飛九劍接下了司馬怒的旋風第十二斬！

兩人的動作同時靜止。

司馬怒滿頭汗落淋漓，龍飛的額上亦已有汗珠滾落。

一股難以言喻的蒼涼突然在司馬怒的臉龐浮現出來，他的語聲亦變得蒼涼之極，道：「再接我一刀！」

聲落刀展，三尺長刀斬向龍飛！

「旋風十三斬」，最後一斬！

刀勢非常緩慢，刀鋒卻急激的震動！

龍飛目光一寒，神態倏的凝重起來，手中劍亦徐徐刺了出去！

刀斬到一半，司馬怒霹靂一聲暴喝，緩慢的刀勢陡變，一把刀彷佛變成了十三把，疾斬龍飛十三處要害。

龍飛相應急變，一劍變成了十三劍！

一陣怪異的金屬聲響驟發，兩人之間閃起了十三蓬火星！

火星閃逝，十三刀變回一刀，刀勢竟未絕，斜斬向龍飛的咽喉！

劍勢也未盡，「錚」一聲敲開斬向咽喉的刀鋒，再一引，從不可思議的角度刺入，刺向司馬怒握著刀柄的那一隻右手手腕！

劍尖未刺到，森寒劍氣已砭入肌膚。

司馬怒怒喝，反腕，刀及時回截！

「叮」一聲，劍彈開，但旋即又刺回，仍刺向手腕！

司馬怒一再反腕，刀七變！

劍緊接七變，七變之後竟還有一變！

司馬怒刀勢七變之後，已不能再變，可是他的右手仍然緊握著刀柄！

他若是鬆手棄刀，絕對可以閃開龍飛這一劍，但他卻寧願斷手，也不肯棄刀！

龍飛那支劍尖亦沒有刺入司馬怒的手腕，剎那間一翻，變了壓在司馬怒的手腕之上！

冰冷的劍鋒，森寒的劍氣！

司馬怒渾身不覺一顫，目光一落，厲聲道：「為什麼不將我的手斬下來？」

龍飛道：「為什麼要將你的手斬下來呢？」

司馬怒倏的鬆手，長刀落地，慘笑道：「既然已敗在你的劍下，要殺要剮，只管動手！」

龍飛一翻腕，劍入鞘。

司馬怒瞪著龍飛，喝問道：「你待怎樣？」

龍飛道：「離開這裡！」回身緩緩的轉了過去。

司馬怒大吼道：「站住！」俯身將刀拾起來。

龍飛身形一凝，道：「還要再戰？」

司馬怒道：「你一劍九飛環名震江湖，現在你的飛環尚未出手便已將我擊敗，我就是怎樣的不智，也應該知道絕非是你的對手！」

龍飛道：「勝負既然已分出，我還留在這裡幹什麼？」

司馬怒道：「勝負雖分，生死未分，你我有言在先，生死之外，別無選擇，不是你死，就是我亡。」

龍飛淡應道：「這是你的說法，我沒有同意！」

司馬怒啞口無言。

龍飛再次舉起腳步！

司馬怒追前三步，厲喝道：「你這樣做算什麼？當我是那種貪生畏死之人？」

龍飛冷冷的道：「這也是你說的。」

司馬怒倏的仰天狂笑，道：「杜兄，杜兄，不是小弟不替你復仇，只是小弟武功實在不如人！」

笑語聲陡落，司馬怒翻腕一刀，疾向自己的脖子抹去！

「叮」一聲，刀抹在一支長劍之上！

龍飛彷彿早知道司馬怒有此一著，及時一劍架住了那一刀。

司馬怒神色一變，方待說什麼，龍飛已冷冷地道：「你根本未盡全力，這樣子死去，就不怕杜雷怪你？」

司馬怒軒眉道：「胡說！」

龍飛沉聲道：「旋風十三斬，以我所知乃是青海派的秘技，最後一斬有二十三個變化。」

司馬怒瞠目瞪著龍飛，奇怪他知道的那麼多。

龍飛接道：「方才你最後一斬只得十三個變化！」

司馬怒道：「是又如何？」

龍飛道：「憑你的天資，不用三年必然可以將最後一斬練好，到時候你再來找我。」

聲落劍收，身形驟起，兩個起落，便落在坐騎之旁，縱身上鞍，叱喝一聲，策馬奔出。

馬快如飛，衝下山坡，迅速遠去。

司馬怒瞋目瞪著龍飛，眼旁的肌肉不停顫動，那隻手握刀更緊。

可是不管他的右手怎樣用力，食指始終不能夠緊握住刀柄。

因為他那隻食指的第三指骨在火併「追風劍」獨孤雁的時候，已經被獨孤雁的劍挑斷！

可是他卻能夠把握住那剎那的機會，一刀砍下獨孤雁的頭顱。

這件事並不是秘密。

司馬怒半隻手指換去獨孤雁一個頭顱，綠林朋友至今仍然津津樂道。

也就因為斷去了這隻食指，他始終練不好「旋風十三斬」，尤其最後一斬。

——龍飛難道不知道這件事？

——知道了仍在這樣說，什麼意思？

一股怒火陡地從司馬怒的心頭冒起！

「龍飛——」撕心裂肺的一聲怒吼，司馬怒轉身疾向坐騎奔去！

他縱橫江湖十年，快意恩仇，從來都沒有將生死放在心上，寧死，也不忍辱偷生。

過去如此，現在也是一樣！

那匹馬也好像知道主人現在需要牠代步，同時撒開四蹄，向司馬怒奔來。

人馬眨眼相接，司馬怒「嗆啷」刀入鞘，翻身上馬，追向龍飛！

怒馬飛砂！

龍飛不知道司馬怒斷指那件事，完全不知道。

他不殺司馬怒，並阻止司馬怒自殺，只因為他不喜歡殺人，也不喜歡人在他面前自殺。

尤其是司馬怒這種還不算太壞的人。

坐騎衝下了斷腸坡，龍飛的心中甚至已沒司馬怒這個人的存在。

他的整顆心都已被一個人完全佔據，一個美麗的女孩子，一個可愛的女孩子。

一個將成為他妻子的女孩子。

三載不見，伊人如何？

龍飛催騎更急。

人雖已不遠，能夠早一刻見面總是好的。

他並不知道司馬怒已隨後追來，三尺長刀已準備隨時給予他致命一擊。

白馬錦衣，人仍然是那麼瀟灑。

古道西風，夕陽卻已西下。

## 二 木美人

青山去路長，紅葉西風冷。

午後。

龍飛單騎奔馳在楓林中的大道上。

過了這片楓林，一路前行，沒有意外。

入夜之前，應該就可以到達目的地。

這條路在他並不陌生。每當在秋天走過，他總會生出一種莫名的惆悵感覺。

也許就因為那些楓葉。

秋雲似薄羅。

陽光透過雲層，再透過枝葉灑下，輕柔得就像情人的眼波。

這眼波的彩色卻是刺目的血紅色。

陽光下那楓葉更加鮮明，鮮明得有如鮮血，連帶從枝葉間灑下的陽光也被映成了血紅色。

龍飛彷彿就走在一條血路之上。

雖然這種景色是美麗，卻美麗得既妖異，又淒涼。

◇

「的得」蹄聲，敲碎楓林中的靜寂。

蹄聲之外，尚有轔轔車聲。

那輛馬車卻是從岔路駛來。

龍飛坐騎奔到那條岔路的路口之際，那輛馬車亦駛至。

馬車不停，疾從岔路衝出，眼看便要與龍飛坐騎相撞。

好一個龍飛，手急眼快，剎那間韁繩一緊，胯下坐騎「希聿聿」一聲驚嘶，去勢一頓，前蹄奮起，一轉一落，打橫停在路心！

那輛馬車即時從龍飛坐騎之前衝過！

車把式顯然也發現龍飛的存在，企圖及時將馬車勒停，也瞬間整個身子扭轉，控韁的雙手盡向後縮。

可是那輛馬車仍然衝出了岔道，猛一側，轉入了大道！

這一轉急速之極，馬車左邊的輪子已離開地面，整輛馬車幾乎沒有倒翻。

那個車把式也算有本領，一雙手始終沒有鬆開，馬車一轉一側，「隆」地一拋一落，「戛」的終於停下。

龍飛看在眼內，也不由替那個車把式捏了一把冷汗。

他連隨策馬上前，一面高呼道：「怎樣了，有沒有受傷？」

那個車把式沒有回答，緩緩的從車座上站起身子，然後轉側，手腳並用，爬進後面車廂。

他爬動的姿勢非常的奇怪，驟看來，活像是一條巨大的爬蟲，完全不像是一個人！

龍飛看著亦生出一種異樣的感覺，目光自然移向那個車把式的臉龐。

那個車把式一身黑衣，頭上卻戴著白色的老大一頂范陽遮塵笠子，整個臉龐都藏在笠子底下。

他爬動得非常慢，甚至令龍飛感覺心滯。

風不知何時已經停下。

楓林中的空氣彷彿在凝結。

拖車的兩匹健馬彷彿已感覺到呼吸困難，此起彼落，低嘶了幾聲。

就連這馬嘶聲也顯得有些妖異。

◇◇◇

馬車簡陋，車廂既無篷也無壁，只是用四塊木板圍成了一個框框。

這個框框正中，赫然放著一副黑漆棺材。

棺蓋已經被震落一旁，棺材中那個死人的一隻右手亦被震了出來，擱在棺材的邊緣上。

纖細的手指，線條極優美的手臂，膚色是全無血色，蒼白之極，浮現出一種使人心悸的光澤。

死人的肌膚本來就是這個樣子。

龍飛的目光甫轉落在那條手臂之上，霍的像鴿蛋般睜大。

無論他怎樣看，那都不像是一條人的手臂，不管是死人抑或是活人。

那條手臂之上明顯的有很多紋理，是木紋。

——莫非是木雕的？

龍飛心念方動，那個車把式已經來到那條手臂的旁邊，雙手連隨抓住了那條手臂。

龍飛這時候才看清楚那個車把式的一雙手。

那雙手之上佈滿一片片墨綠色，蛇鱗也似的鱗片，指甲尖長，也不像是一雙人手。

——這個到底是什麼人。

龍飛盯穩了那雙怪手，瞬也不瞬。

那雙怪手旋即將擱在棺材邊緣上那條手臂推回去。

「格」一下異響，一個尖銳的聲音立刻從棺材中響起來：「哎唷！」是女人的聲音，說不出的妖異。

龍飛聽在耳裡，心念又是一動，催馬上前兩步，往棺材中望去。

一望之下，龍飛當場目定口呆！

放在棺材中的竟然是一個赤裸的女孩子！

高聳的乳房，纖細的腰肢，渾圓的小腿，那個女孩子非獨相貌漂亮，體態更迷人，幽然透著強烈之極的誘惑。

這卻非龍飛驚訝的原因。

那個女孩子渾身上下全都是那麼蒼白，毫無血色，甚至嘴唇，眼睛，頭髮，盡皆一樣，一色蒼白，佈滿木紋。

人又怎會這樣子？

這其實只是一個木像，但雕工精細，栩栩如生，神態活現，嫣然一笑，動人已極。

棺材中放著一個這樣的木美人，是不是出人意料？

然而這也非龍飛驚訝的原因。

木雕的美人，竟然會「哎唷」呼痛，這無疑令龍飛驚訝，但仍非龍飛驚訝的主要原因。

他驚訝的主要原因乃是那個木美人的相貌。

蛾眉鳳眼，挺直的鼻子，厚薄適中的嘴唇，兩頰深淺恰到好處的梨渦，那個木美人的相貌實在太像一個人，連那種嬌憨的神情也完全一樣。

那個人不是別人，就是現在他要去見的，他那個未過門的妻子。

——紫竺！

◇◇◇◇

——難道這真是紫竺的木像？

雕刻得這樣相似，沒有可能是憑空想像，天下間怎會有這樣子相似的兩個人？

——但是紫竺她怎肯裸體給別人對著雕刻？

——這若是事實，那個人與紫竺是什麼關係？

——現在這個木像被放在這副棺材之中，又是怎麼一回事？

——莫非紫竺發生了什麼意外？

龍飛一顆心不由自主大亂。

那個車把式卻彷佛完全忘記了龍飛這個人的存在，「哎唷」那一聲未落，他那雙怪手慌忙就捧起那個木美人的那條右臂，輕輕的揉動起來。

指掌揉過的地方，「悉悉索索」的響起了一陣陣蛇蟲爬過的聲音。

龍飛聽著機伶伶的打了一個寒噤。

那雙怪手繼續揉動，逐漸旁移。

揉向那個木美人的乳房，小腹，動作既猥褻，又恐怖。

龍飛都看在眼內，由心生出了一種前所未有的厭惡感覺。

那個木美人實在太像紫竺。

這雖然只是一個木像，但無論是什麼人，都絕不會高興看見一個與自己未過門的妻子完全一樣的木像讓人肆意輕薄。

何況這個木美人又是一絲不掛。

◇◇

那雙怪手滑過小腹，繼續下移。

龍飛再也忍不住，脫口道：「這個是誰的雕像？」

那個車把式應聲停手，卻沒有回答，甚至望也不望龍飛一眼。

他偏身抽手，捧起了震落棺旁那塊棺蓋。

龍飛即時再問：「你又是什麼人？」

那個車把式仍不回答，緩緩將棺蓋放下。

才放到一半，那個尖銳的女人聲音又從棺材中響起來：「求求你，不要將棺材蓋上，讓我透透氣！」

那個車把式毫不理會，繼續將棺蓋下放！

「救命啊！」那個木美人竟然高呼起來。

龍飛聽得真切，急喝一聲，說道：「住手！」

那個車把式卻鬆手，「隆」一聲，棺蓋蓋上！

龍飛大怒道：「難道你沒有聽到我的話？」

那個車把式根本就不理會他，佝僂著身子，手按著棺蓋走向車座那邊。

龍飛瞪著那個車把式，雙拳已緊握。

——若非棺底有暗格，那個女人勢必就藏在木像之內。

——這個車把式顯然就不是什麼好東西！

心念一轉再轉，龍飛終於出手，右手一長化拳為掌，五指再曲，變掌為爪，抓向車把式間上那頂白色范陽遮塵笠帽！

那個車把式真的未覺，可是龍飛右手才抓到，他的頭有意無意，倏的猛一偏！

龍飛半身一探，右手再長，一抓，再抓！

接連兩抓都落空！

龍飛脫口一聲「好！」右手不收，內勁陡透，「霍」一聲，刀一樣劃去！

那個車把式竟彷彿知道龍飛必然有此一著，幾乎同時「呼」的向後倒飛！

龍飛的疾抓亦落空，但車把式那麼倒飛，笠子雖然仍然在頭上，已經遮不住那張臉龐！

那張臉龐一映入眼內，龍飛所有動作不由自主就完全停頓！

他從來都沒有見過一張那麼怪異，那麼恐怖的臉龐。

那張臉龐之上，並沒有眉毛，一根也沒有，眼睛深陷，眼眶細長，眼瞳閃亮，鼻短，嘴尖，唇薄，唇角一直裂至耳下，整張臉龐都佈滿了一片片濕膩膩，墨綠色，蛇鱗也似的鱗片！

——妖怪！

一股寒氣剎那間從龍飛脊骨冒起來！

那個怪人倒飛半丈，越過車廂，正好落回車座之上，右手一把抄住了韁繩，左手同時拔出了插在旁邊的鞭桿子，凌空一揮，馬鞭飛捲，「叭」的就是一下清響！

兩匹健馬應聲撒開四蹄，拖著馬車疾奔了出去。

龍飛如夢初醒，一聲叱喝：「別走。」策馬追前。

怪人手起鞭落，健馬負痛，四蹄翻飛，迅速將龍飛拋離了三丈！

龍飛叱喝連聲，坐騎一陣狂奔，很快又追近了兩丈。

還有一丈。

這一丈距離，龍飛竟不能夠再追近。

那輛馬車簡直像飛也似的疾駛向前，馬蹄車輛過處，遍地落葉，「沙沙」飛激！

龍飛亦策馬如飛！

一丈始終就是一丈！

楓林連綿十里，馬車馳出了半里，仍然在楓林中的道路之上。

龍飛追出了半里，再也忍不住，一聲長嘯，身形離鞍，如箭離弦，疾射向那輛馬車！

怪人的背後彷彿長著眼睛，他一直沒有回頭，這時候突然回頭，右手馬鞭同時向龍飛抽去。

龍飛的身形正要落在馬車之上，「忽哨」一聲，馬鞭已抽至，漆黑的鞭梢毒蛇也似捲向他的雙腳。

馬鞭呼嘯，枝葉橫飛，聲勢凌厲！

這一鞭抽中，未必能抽斷龍飛的雙腳，但龍飛雙腳若是被馬鞭捲住，身形便完全被控制，那可就大大不妙了。

馬鞭雖快，龍飛的反應更加快，半空中一式「金鯉穿波」，腰身一弓，本來是腳下頭上，這霎時變了頭下腳上！

馬鞭「忽哨」的貼胸掠過，龍飛的身形仍向馬車落下！

可是那條馬鞭，竟然也還有變化，鞭梢「颯」一響，那霎時間，突然反捲，恰好掃向龍飛的眼睛上！

若換是別人，出其不意，不難就傷在這一鞭之下，但龍飛的反應卻是敏捷過人，身形亦在剎那間一變再變，適時一翻，正好閃開掃來的鞭梢。

這完全是電光石火之間的事情，其間馬車並沒有停下，龍飛身形三變，車廂與他落下的身形之間已經空出三丈的距離！

現在他落下，只能夠落在地上。

他並沒有落在地上，右手一抄，已經抓住了頭上的一條橫枝，左掌腰旁一抹一揮，「嗚嗚」兩枚金環飛出，射向那個怪人的後背！

那個怪人一仰首，「咭」一聲怪叫，右手馬鞭，「颯颯」的交剪擊下！

「拍拍」兩聲，那兩鞭竟不偏不倚，恰巧擊在那兩枚金環上。

那兩枚金環被擊得反向龍飛射回來！

龍飛不由自主的脫口一聲：「好！」左手一抄，將那兩枚金環接下！

他整條手臂立時為之一震，那個怪人馬鞭一擊之力，實在不輕。

龍飛心頭不由亦「怦」然震動。

——這個人若是人，以他的身手。在武林中應該有一席位，沒有可能是無名之輩，亦無須躲躲避避！

——可是人又怎會這個樣子？

——紫竺就住在附近，那個木美人與紫竺如此相似，其中只怕有什麼關係，無論如何，這件事非查一個清楚明白不可！

動念未已，坐騎就從樹下奔過來，龍飛一鬆右手，身形落下，正好落在馬鞍之上！

這片刻耽擱，馬車已駛出了十多二十丈。

馬是健馬，那個怪人顯然也是一個驅車能手，馬車在他的巧技驅策之下，馳出楓林，飛馳在田野之上。

龍飛那匹馬已經趕了半天的路，自然就越跑越慢，與前面馬車的距離，逐漸由二十丈拉遠至三十丈。

那輛馬車此際亦慢下來，與龍飛之間保持著三十丈的距離。

這顯然有意如此。

龍飛疑念驟生，緊追不捨。

◇

日落。有雨。

龍飛一騎仍是在那輛馬車之後。

馬更慢，馬車亦更慢。

這條路正是通往紫竺居住的鳳凰鎮。

——紫竺與那個木像莫非真的有什麼關係？

龍飛一顆心不由懸起來。

◇

鳳凰鎮雖然不怎樣大，也有幾千戶人家。

鎮左面一條大河，右面是高山，道路從當中穿過。

馬車來到了鎮外，轉向右面駛去，龍飛遠遠看見，更加忐忑。

因為紫竺是住在那邊。

這時候已經入夜，雨已經下了半個時辰。

煙雨。

◇

煙雨迷濛。

整個鳳凰鎮就像是籠在煙霧中。

長街上行人寥落，鎮右面近山一帶更加幽靜。

那輛馬車終於停下來。

停在幢莊院的後面。

那個怪人連隨颯的從車座跳入車廂，打開棺蓋，抱起了棺中那個木美人，縱下車廂，向那幢莊院的後門走去。

兩匹健馬旋即又撒開四蹄，拖著那輛車子繼續奔前。

龍飛都看在眼內，吁了一口氣。

這並非表示放心，只不過欣慰那個怪人總算已停下來。

再繼續奔走，他的人雖然支持得住，那匹馬非倒不可了。

相距有三十丈，這種天氣，這個時候龍飛的眼睛雖說黑暗之中，一樣能夠窺物，遠非常人所能及，也不能夠那麼遠都看得清楚。

他其實甚至不清楚那個怪人從棺材中搬了什麼出來。

但他卻已經能夠肯定那幢莊院絕非紫竺居住的地方。

這附近一帶他並不陌生。

可是紫竺住的地方亦不遠，就在那幢莊院的隔壁。

龍飛又如何放心得下？

◇

莊院的後門虛掩，一推即開，那個怪人抱著木美人閃身進內，門立即又在內關上。

龍飛這時候仍然在十餘丈之外。

十餘丈並不是一個很長的距離，那匹馬雖則疲乏得很，仍然很快奔至。

龍飛將馬勒住，目光在門上一停，轉向那輛馬車！

棺材還是在馬車之上。

那副棺材無疑能夠解決他心中的一個疑團。

只要他追上去，拉停馬車，打開棺蓋，就可以清楚知道棺底是否有暗格可以藏人。

可是那個怪人卻能夠解決他心中一切的疑團。

龍飛目光轉回門上，「刷」地翻身下馬。他掏出一方白巾，抹乾了臉龐與雙手的汗水，拭乾劍柄，再暗運真氣，在體內遊走一周，才舉步上前。

到他的右手按在門上之際，他全身都已在防備的狀態之中，足以應付任何突然的襲擊。

◇

門仍然虛掩。沒有襲擊。

入門是一個寬敞的院子，遍地長滿了野草。

草長沒脛，兩旁的花木也不知多久沒有修剪，參差不齊，黑暗之中，完全就不像是走在一個院子之內。

——這莫非是一幢荒宅？

——那個怪人難道就住在此處？

# 三　水月觀音

龍飛不由自主想起了一些妖魔鬼怪的恐怖傳說。
傳說中，那些妖魔鬼怪不少都是出現在這種地方，可是他並沒有退縮。
他本來就不怎樣相信那些傳說，也從未見過什麼妖魔鬼怪。
那個怪人或者就是第一個。
但無論如何，這個險他都要冒了。
秋風蕭索。
雨依舊是煙也似。
院子雖則如此靜寂，仍然聽不到雨聲，卻可以感覺到雨的存在。
雨粉撲面生寒，龍飛沒有理會。分開阻攔在前面的花樹枝葉，小心翼翼從中穿過。

沒有燈光，周圍一片陰暗。

再分開一叢枝葉，一座假山出現在龍飛的眼前。

假山之上黑黝黝的伏著一團東西。

龍飛一眼瞥見，腳步立即停下。

那團東西一動也不動。

龍飛也不動，盯穩了那團東西。

黑暗中，彷彿亦有一雙眼睛盯著他。

沒有聲響。

突然「悉索」一響。

是龍飛在移動腳步。

龍飛旁移三步，前進兩步。

那團東西還是一動也不動的伏在假山之上。

龍飛再前進一步，雖則仍然未能夠看清楚，但已經可以分辨得出伏在假山之上是一條壁虎。

那條壁虎昂首吐舌，竟然有七八尺長短。

壁虎又怎會有這樣巨大？

龍飛不由得心頭一寒，腳步卻不停，繼續向假山迫近，處處小心，步步為營。

四步，五步，六步——

「潑刺」一響，假山前面那叢花樹猛可一分，一團黑黝黝的東西從中疾飛了出來，撞向龍飛的面門。

龍飛那顆心應聲一跳，腰間長劍幾乎同時出鞘！

劍光一閃，正從那團東西當中穿過。

「咿」一聲鴉啼立即響起，緊接就是「噗噗」一陣羽翼拍擊聲！

是一隻烏鴉！

那剎那，龍飛的視線已轉回去那壁虎那邊。

那條壁虎並沒有乘機撲下襲擊，甚至連半分似乎也沒有移動過，保持原來那個姿勢趴伏在假山之上。

龍飛心頭一跳，長劍一振，那隻烏鴉「哧」的脫出劍尖墮入草叢之內。

羽翼拍擊聲瞬息停下，龍飛的身形同時拔起，凌空三丈，一式「飛鳥投林」，斜向那座假山撲落。

劍未入鞘，而且蓄勢待發，只要那條壁虎一發動攻勢，就迎頭痛擊！

壁虎雖然並非一種凶毒的爬蟲，但是那麼巨大的一條壁虎，殺傷力必然厲害非常。

壁虎卻全無反應。

龍飛飛鳥般落在那條壁虎之旁，倏的伸出左手，按在那條壁虎的頭上。

那條壁虎仍然沒有反應。

這根本就是木雕的，也根本不是壁虎，是蜥蜴！

黑蜥蜴！

整條蜥蜴都髹成黑色。

雕工精細，栩栩如生，黑夜中，龍飛也被唬住了。

武功有武功的路子，老江湖看別人一舉手一投足，往往就立即知道用的是哪一派的武功。

正如畫畫的可以從筆法鑑別，雕刻亦應該可以從刀法鑑別出來。

龍飛對於雕刻雖然並沒有什麼認識，但眼望手觸之下，總覺得這條蜥蜴與那個木美人都是出於一個人的手底。

——這條木蜥蜴放在這座假山之上到底有什麼意思？

龍飛亦覺得奇怪，眼色倏的瞥見了燈光。

燈光微弱，淒迷在煙雨中，依稀仍然可以看得出乃是來自前面的一座小樓之內。

龍飛不假思索，縱身從假山上躍下，向小樓那邊走去。

他腳步起落，比方才已經快了很多。但警戒之心，卻反而加重。

前行兩丈，是一道圍牆，龍飛挨著圍牆右行三丈，找到了一道月洞門。

過了那道月洞門，那座小樓就出現眼前。

小樓在一個獨立的院子之中，正對著那道月洞門。

院子之內，亦是野草叢生，裡面有一片竹林，西面種了好一些花樹，入門附近除了花樹之外，還有幾株梧桐。

深院梧桐鎖清秋。

龍飛卻不知何故，竟感覺到初冬的寒意。

也就在這個時候，小樓那邊突然傳來了三聲貓叫。

◇

咪——嗚！

貓叫聲淒厲之極，有如鬼哭，在這個時候這個地方聽來尤其恐怖。

龍飛毛骨悚然。

貓叫聲未絕，樓東竹林倏的傳來了一陣「悉索」聲響，好像有人在走動。

龍飛的身形自然一縮，閃入一株梧桐樹之後。

一條白色的人影，即時幽然從竹林中出來，向著小樓走去。

小樓中的燈光隔著糊紙透出來，淡薄而淒迷。

那個人浴在這種燈光之中，亦顯得朦朦朧朧。

卻幾乎同時，小樓的房門在內打開，燈光從樓內射出，照亮了那個人的身子。

龍飛一瞥之下，瞠目結舌！

因為那人竟是作「觀音」的裝束！

水月觀音！

◇◇◇

觀音是菩薩，本名觀世音，唐時避太宗諱，略稱觀音，亦作觀自在。

根據法華經上的記載是：「苦惱眾生，一心稱名，菩薩即時觀其音聲，皆得解脫，是以名觀世音。」

般若波羅蜜多心經上亦有這樣記載：「觀自在菩薩，行深般若波羅蜜多時，照見五蘊皆空。」

又根據法華經普門品，觀音曾示現三十三種化身，世俗遂本此，圖畫出楊柳，龍頭，持經，圓光，白衣，魚籃，琉璃，一葉……等等三十三種觀音像。

水月觀音正是其中之一。

◇

雨仍然那麼迷濛，燈光照耀之下，既似霧，又像煙雲。

門猝開，光陡亮，那個水月觀音就像是突然在草叢之中現身。

更像是行雲駕霧，方從天外飛來，是以那雲霧尚未消散。

她手捧蓮花，低頭作觀水月狀，飄飄然走向那邊門戶。

那株蓮花彷佛用白玉雕成，花一朵，葉兩塊，都是玉也似潔白，燈光下幽然生輝。

她的臉，她的手，頭巾以至衣服，也像在散發著一種淒冷的幽光，整個人就像用白玉雕出來。

白玉本來是純法的象徵，觀音大慈大悲，也原是一種善良的菩薩。

但那個水月觀音給人的印象卻是邪惡的感覺。

龍飛甚至感覺在那邊飄動的不是一個菩薩，也不是一個人，而是一團妖氣。

白衣飄飛，那個水月觀音幽然飄進小樓之內。

小樓的門戶旋即關閉。

龍飛連隨從樹後轉出，藉著花樹掩護，飛燕般疾向小樓那邊掠去。

他本來是一個好奇心非常重的人。

何況他從來沒有遇過這麼奇怪的遭遇。

◇

門右邊有一個窗戶。

龍飛燕子般落在窗前，狸貓似矮身欺至窗下，靜聽一會，才站起身子，以指沾了些口涎，在窗紙之上一點，點穿一個小洞。

一道光從窗洞射出來，射在龍飛的臉上。

龍飛右眼迎向光線，湊近窗洞，往內偷窺。

他從來沒有做過這種事，可是他現在簡直就像是一個賊祖宗，一切的動作都是如此純熟自然。

就連他自己也覺得奇怪。

那瞬間他彷彿著了魔似的，一切的動作完全不由自主。

◇

小樓入門有一道珠簾。

珠簾的後面有一個精緻的小廳子。

對門那幅牆壁的前面，放著一扇屏風，其上畫著一幅非常奇怪的彩畫。

——一個上半身是人，下半身是蜥蜴的怪物以一種怪異的姿勢翻騰在火焰之中，雙手緊抱著一個赤裸的中年美婦。

——那個中年美婦散髮飛舞，有如一條條的黑蛇，她赤裸的身子如蛇一樣糾纏著那個怪物的身子，面上的表情既像是痛苦，又像是快樂。

——她的頭顱已裂開，鮮血腦髓狂湧，卻不是往下流，乃是向上飛，箭一樣投入那個怪物的嘴唇。

血紅髓白，觸目驚心！

那個怪物的臉龐竟然就是與龍飛今天遇到的那個怪人完全一樣。

畫工精細，神態活現，色彩的強烈的迫真，簡直已到了極限，尤其是那些鮮血，那些腦髓，更迫真強烈得到了使人一見心寒的地步。

龍飛雖然明知道這不過是一幅畫，多看了幾眼，仍不禁心寒起來。

這幅畫又豈止奇怪，而且妖異。

那個水月觀音在這幅畫之前三尺盤膝坐下，頭仍然低垂。

在她的身前有一張矮几，之上放著一張五弦古琴。

酷肖紫竺的那個木雕美人，赫然就放在琴几的左側，斜靠著牆壁，面向著那個水月觀音。

那個怪人卻不見在內。

莫非他本來就是屏風上那幅畫之中那物的精靈，一進來這座小樓，又隱入畫裡，繼續吸吃那個美婦的血液腦髓。

龍飛正在盤算該採取什麼行動，水月觀音突然將那株蓮花放下，雙手往那張古琴按落，徐徐彈起來。

琴聲琤琮，非常之悅耳，但細聽之下，卻不難發覺，與一般琴聲有些不同。非獨有些不同，而且有些怪異，所彈的亦不是一般的曲調。

龍飛從來都沒有聽過這個曲調。

——難道這並非人間的曲調？

龍飛傾耳靜聽，心裡逐漸迷惘起來，不覺間，陷入忘我的境界。

◇

一曲既終，水月觀音幽然停下雙手，緩緩抬起頭來。

她的相貌與屏風上畫著的那個中年美婦，簡直就完全一樣。

不同的只是那雙眼瞳。

她那雙眼睛雖然也是毫無生氣，卻有如玻璃也似，燈光下閃爍著兩點晶瑩而妖異的寒芒。

正望著龍飛這邊。

是因為她面向這邊，還是已經發現了龍飛的存在？

龍飛的目光與那兩點寒芒相觸，就好像眼瞳中射入了兩點冰雪凝成的箭矢，如夢初覺，渾身一震！

他方待看清楚水月觀音的相貌，衣袂聲颯地一響，一個人突然在窗洞的前面出現，截斷了他的視線。

那個人出現得實在突然，鬼魅一樣，儘管龍飛的眼睛並未離開過這個窗洞，也竟不知道他如何出現。

他背向窗戶，站立的地方距離那扇窗戶最多不過四尺，龍飛只能看到他背後肩膀以下的身子。

他一身藍靛花繡，從身形服裝看來，應該是一個男人。

一現身他就道：「仙君，你可想死我了。」

是男人的聲音，既低沉又嘶啞，也不知是心情太過激動抑或什麼原因，顫抖得很厲害。

語聲未落，他的身子就向前欺過去。

正當此際，燈光突然熄滅！

龍飛眼前猛一黑，就聽到一下悶哼！

一個尖銳的女人聲音緊接響起來！

龍飛心頭一凜。

一陣狼嗥也似的怪聲旋即在黑暗之中爆發！

這完全不像是那個藍衣人的聲音。

小樓內何來第三個人？

莫非屏風上畫著的那個怪物又現身出來？

龍飛再也忍不住，斷喝道：「你們在幹什麼？」一掌擊在窗戶上！

「嘩啦」一聲，窗戶碎裂，龍飛正欲縱身越窗躍入，一股白煙就從樓中穿窗湧出，迎面撲來！

龍飛一聲輕叱，身形倒翻，半空一滾落下，已經在三丈外的草叢中！

他反應敏銳，身形矯健，白煙中縱然有毒，這剎那間，亦未足將他迷倒。

白煙中並沒有毒，也沒有任何暗算，可是擴散得非常迅速。

龍飛身形剛落下，方才站的地方已經完全被白煙所包圍。

白煙繼續擴散，湧出院子，翻翻滾滾，迅速升上天空。

黑夜中，那股白煙更顯得觸目。

故老相傳，無論妖魔抑或神仙的出現、離開，大都化成一股白煙。

那股白煙到底是那個水月觀音或是屏風上那個怪物的化身？

龍飛瞪著那股白煙，內心忽然起了一陣衝動。

一種想飛身一劍刺向那股白煙的衝動！

但是他到底沒有飛身一劍刺出去，一雙眼一瞬也不瞬，盯穩了那邊。

無論什麼人要藉那股白煙掩護從那座小樓走出來，都絕對難以逃過他的眼睛。

白煙終於消散。

沒有人從小樓中走出來。

——這個時間之內究竟發生了什麼事情？

龍飛正準備舉步走過去，突然聽到了腳步聲，卻是來自他的身後。

什麼人？

龍飛霍地回頭，目光到處，一條黑影颼地從月洞門外竄進來！

黑暗中他看不清楚那個人的面目，那個人同樣看不清楚他，卻看到他手中握著的那支劍。

劍鋒閃亮。

那個人即時一聲叱喝，道：「什麼人？拿著劍在這裡幹什麼？」

——這莫非是這莊院的主人？

龍飛自然解釋說道：「別誤會，我只是……」

那個人的腦筋也相當靈活，立刻截住龍飛的說話，說道：「你不是這莊院的人麼？」

「我不是。」龍飛並沒有否認。

那個人連隨厲聲喝道：「那麼你走進來這裡幹什麼？」

龍飛脫口道：「你原來也不是這莊院的人。」

那個人斷喝道：「回答我的問話！」

龍飛一聲冷笑，道：「聽你的口氣，倒像是官府中人！」

那個人聽龍飛並非回答他的問話，咆哮道：「這個時候，拿著兵刃偷進來別人的莊院，非姦即盜！」

龍飛只是冷笑。

那個人手一指咆哮接道：「還不給我放下兵刃，束手就擒！」

龍飛忽然道：「你的聲音好像在哪裡聽過？」

那個人「哦」的一聲，道：「敢情是積犯，打！」

一聲「打」，嗆啷啷一條鐵鍊撒在手中，箭步標前，鐵鍊攔腰疾掃！

龍飛劍一抖震開掃來鐵鍊。

那個人怒吼道：「好大膽的賊子，竟然拒捕！」鐵鍊上下飛舞，上打「雪花蓋頂」，下打「老樹盤根」。

龍飛閃身避開！

那個人喝叱一聲：「再看這一招『仙人指路』！」鐵鍊筆直向龍飛腰腹射擊！

龍飛身形倒退。

那個人連追三步，鐵鍊嗆啷啷三次飛擊，仍然是那一招「仙人指路」！

龍飛一一閃開，倏的笑道：「三年不見，想不到你這條鐵鍊竟然已練到這樣子厲害！」

那人鐵鍊幾次出擊都落空，正驚於龍飛的武功高強，聽得龍飛這樣說，不由得收住勢子，輕叱道：「你到底是哪一個？」

「龍飛！」龍飛應聲從懷中取出一個火摺，「察」的晃亮。

這火光雖然微弱，在這個距離已經足夠。

火光照亮了他，也照亮了那個人的臉龐。

眉如漆刷，臉似墨裝，虬髯如戟，環眼似虎，那個人完全就像是吳道子筆下那個捉鬼的鍾馗，身上卻竟然是衙門捕頭裝束。

他看清楚了龍飛，一收鐵鍊，詫異道：「怎麼真的是你？」

龍飛劍入鞘，道：「假不了。」

那個人頓足道：「你知道來的是我，怎麼不叫住我？」

龍飛笑道：「若不是你上打『雪花蓋頂』，下打『老樹盤根』，在中間再出一招『仙人指路』，我真還不敢相信來的是你這位鐵虎大捕頭！」

鐵虎鐵鍊往腰間一纏，格格大笑道：「在我這三招之下，也不知放倒多少盜賊，可是在你這位大劍客之前，一點兒也起不了作用。」

龍飛道：「幸好如此，否則現在我腦袋即使不開花，兩條腿只怕斷定了。」

鐵虎大笑不絕。

他認識龍飛乃是三年前的事，當時龍飛曾經先後兩次幫助過他，並且拘捕了十三個無惡不作的大盜。

在龍飛，那只是湊巧路過，他本來就是一個路見不平，必定拔刀相助的俠客。

鐵虎卻交定了龍飛這個朋友，龍飛也高興有鐵虎這個朋友。

因為鐵虎也是一條鐵漢。

他雖然相貌醜怪，脾氣又暴躁，但不畏強權，無論什麼人犯罪，都是一視同仁，秉公辦理。

周圍百里，沒有第二個人像他這樣盡職，這樣正直的捕頭。

這樣的朋友不交，交哪種朋友？

他們卻甚少見面。

龍飛游俠江湖，行蹤飄忽，鐵虎追捕盜賊，亦是終年東奔西走。

今夜是他們三年以來第一次會面。

◇

笑聲一落，鐵虎正想問龍飛什麼，龍飛已搶在他面前問道：「你怎麼走來鳳凰鎮？」

鐵虎道：「這也是我管轄的地方，除非其他地方發生了案子，否則每月的這三天我都會留在此處。」

龍飛目露欽佩之色，道：「像你這樣負責的捕頭並不多。」

鐵虎笑道：「食君之祿，擔君之憂，職責所在，豈容疏忽。」

龍飛道：「三年如一日。」

鐵虎道：「七年如一日。」

他身入官門，到現在已經七年。

龍飛道：「這三年以來，你還是那個脾氣？」

鐵虎回答道：「有句老話，你一定聽過……」

龍飛截口說道：「江山易改，品性難移？」

鐵虎打了一個哈哈，道：「正是！」

龍飛搖搖頭道：「以你的刻苦盡職，本來可以成為一個很成功的捕頭，可惜的你就是脾氣急躁了一些。」

鐵虎道：「否則我們方才那場架如何打得起來？」

龍飛道：「你是否看見那些白煙，覺得很奇怪，所以走進來一看究竟？」

「不錯。」鐵虎盯著龍飛。「方才我從這幢莊院的後門外經過，看見那後門大開，因奇怪這戶人家怎麼這樣疏忽，就看見這邊兒白煙翻騰。」

龍飛道：「這幢莊院顯然沒有人居住，已空置相當時日。」

鐵虎道：「看來的確是這樣。」

「這本來是哪個的莊院？」

「不清楚。」

「你好像什麼也不清楚。」

「單就是這個鳳凰鎮已經有幾千戶人家，除非那戶人家出了案子，否則我根本就不會找去查問，要一一清楚，實在是沒有可能。」

「有道理。」

「那些白煙到底是怎麼回事？」

龍飛苦笑道：「我亦是不知，所以……」

鐵虎一正面色，道：「你又是為什麼走進來這裡？」

龍飛沉吟道：「這番唇舌我相信是省不了。」

鐵虎道：「嗯，你應該知道我的行事作風。」

龍飛點頭，道：「在說出這件事之前，有一個問題，我倒想先問你。」

鐵虎道：「是什麼問題？」

龍飛緩緩地道：「你以為到底有沒有所謂仙神鬼怪？」

鐵虎一怔，道：「對於仙神鬼怪的存在儘管很多人言之鑿鑿，我個人卻是絕對不相信。」

他一頓接道：「這大概因為我從來都沒有見過所謂仙神鬼怪。」

龍飛道：「我也是這樣，因為在今天之前，同樣我從未見過。」

鐵虎笑問道：「莫非就在今天竟然給你見到了？」

龍飛道：「正是！」

鐵虎好奇心頓起，道：「你見到什麼？」

龍飛道：「今天午後我在路上與一輛馬車險些相撞，那輛馬車載著一副棺材，棺蓋震落，露出裡頭……」

鐵虎截道：「一具死屍？」

龍飛搖頭道：「一具木雕的裸體美人像。」

鐵虎道：「你看清楚真是木的？」

龍飛道：「很清楚。」

「用棺材載著一具木美人。」鐵虎摸摸鬍子。「這無疑是非常奇怪，但與仙神鬼怪有何關係？」

龍飛道：「那個美人卻會『哎唷』呼痛，在駕車那個車把式將棺蓋蓋回去的時候更哀求不要那麼做，讓她透透氣，甚至高聲叫救命來！」

鐵虎驚訝道：「有這種事情？」

龍飛道：「當時我很懷疑那副棺材一共有兩重，呼叫的其實不是那個木美人，是一個被藏在第三重暗格之內的女人。」

鐵虎讚許的道：「懷疑得妙。」

龍飛道：「那個女人亦大有可能是藏在那個木美人之內。」

鐵虎道：「這是說，那個木美人是一個中空的木像？」

龍飛道：「當然這只是懷疑。」

鐵虎回答道：「你當然會追究下去。」

龍飛頷首道：「也因此看清楚那個車把式在竹笠遮掩之下的面目。」

鐵虎道：「他又是怎樣的一個人？」

龍飛道：「沒有眉毛，短鼻尖眼，嘴唇一直裂至耳下，而且一臉墨綠色的蛇鱗。雙手也是那樣子，蛇鱗滿佈。」

鐵虎皺眉道：「人怎會這個樣子？」

龍飛道：「這個怪物的身手，看來不在我之下。」

鐵虎也不由得驚「哦」一聲，龍飛的身手如何，他是知道的。

龍飛接道：「甚至我金環出手，仍然不能夠阻止他駕車離開。」

鐵虎道：「你必是窮追不捨。」

龍飛道：「結果追到來這幢莊院後面之外。」

鐵虎道：「那個怪人莫非走進這裡了？」

龍飛道：「我遙遙見他推門進來，可是到我推門進來的時候，他已經是不知所蹤，然後，看見前面小樓露出燈光了。」

鐵虎目光一轉，道：「燈光？」

龍飛道：「我正想走過去，那邊竹林就出現了一個觀音。」

鐵虎一呆，道：「什麼？」

龍飛一字一字地重複道：「觀音！」

「神仙？」

「我說的正是觀音菩薩。」龍飛嘆了一口氣道：「那位觀音正是水月觀音的裝束……」

鐵虎道：「是否到來指點你迷津？」

龍飛嘆氣道：「指點迷津就好了，那位水月觀音的出現，事情反而更複雜，更詭異。」

鐵虎道：「又發生了什麼事？」

龍飛道：「那位水月觀音一直走進了那座小樓，我過去點破窗紙一望，見她正在小樓中彈琴，彈的卻是我從未聽過的曲調。」

鐵虎追問道：「然後又如何？」

龍飛道：「一曲既終，一個人倏的在她面前出現。」

「是誰？」

「不知道，從身形看來，應該是一個男人。」

「他是背向著你了。」

「奇怪的是我竟然不知道他如何出現。」

「難道又是仙神鬼怪？」

「之後燈光突然熄滅，悶哼慘叫怪笑聲相繼響起來，我忍不住一掌震開窗戶，哪知道一股白煙就從裡面湧出來。」

「於是你退避到這兒。」

「白煙之中不無可能暗藏著什麼毒藥暗算。」

「我進來之時白煙才消散。」

「不錯。」龍飛目光一閃。「我正想走過去看一看到底發生了什麼事情，你這位大捕頭就衝進來了。」

鐵虎沒有再說話，上上下下的打量了龍飛好幾遍。

龍飛待鐵虎停止了打量，才道：「你在想什麼，我知道。」

鐵虎道：「哦？」

龍飛道：「難道你不是在想我的腦袋是否出了毛病？」

鐵虎一怔，格格大笑道：「你又不是我肚裡的蛔蟲，怎麼竟然知道我肚裡的心事？」

龍飛苦笑道：「無論誰聽到我方才那番話，相信都難免這樣想。」

鐵虎連隨問道：「你的腦袋是否出了毛病？」

龍飛道：「一些毛病也沒有。」

鐵虎道：「也不是眼花？」

龍飛道：「一次也許是眼花，但接連幾次——」

他一頓接道：「你不是也看到了那些白煙？」

鐵虎沉默了下去。

這時候火摺子的光芒已經逐漸微弱，終於熄滅，周圍又陷入一片黑暗之中。

# 四 黑貓

片刻，黑暗之中響起了鐵虎的聲音：「怎樣也好，你我進去那邊小樓看一看究竟。」

悉索聲起，兩人先後舉起腳步。

煙雨仍然在飄飛。

龍飛、鐵虎，煙雨下就像是兩個幽靈。

幽靈走上了石階，在小樓門前停下。

門並未開啟。

龍飛抬手往面上一抹，抹下了一手水珠，傾耳細聽。樓內毫無聲息，靜寂如死。

鐵虎在旁忽然揚聲呼道：「裡頭有沒有人？」

沒有回答。

鐵虎又道：「再不開門，我們可要破門進去了。」

還是沒有回答。

鐵虎等了一會道：「撞門！」

龍飛點頭，先伸手往門上一推。

「依呀」的一聲，門竟然被他推開！

龍飛立即橫身擋在鐵虎之前！

沒有人從樓內衝出來。

黑暗之中，也沒有任何聲響。

鐵虎張頭探腦，道：「你身上還有沒有火摺子？」

話口未完，一團火光已經從龍飛左手亮起來。

龍飛的身上有第二個火摺子。

火光驅散了黑暗，龍飛目光及處，當場就一呆！

樓內沒有人，一個也沒有，人可以走動，但——

龍飛目光一閃，拔起身子，人與火就像是化成了一團光，飛上了半空。

火摺子落處，燃著懸在那兒的一盞宮燈，龍飛身形一沉，連隨將火摺子捺熄掉。

鐵虎同時大步跨進來。

龍飛正落在那個水月觀音方才所坐的地方。

水月觀音已不知所蹤，就連她方才彈的那張五弦古琴，隨琴的那張几子都已不見。

那個木美人亦已不在那邊牆下。

再望那扇屏風，龍飛更就目定口呆。

屏風雖則仍然存在，上面卻空白一片！

鐵虎看見龍飛瞪著那扇屏風發呆，奇怪問道：「你在瞧什麼？」

龍飛道：「這扇屏風之上本來畫著一幅很奇怪的畫！」

「如何奇怪？」

「一個上半身是人，下半身是蜥蜴的怪物擁抱著一個赤裸的女人在火焰之中翻騰，在吸吃那個女人的腦袋。」

鐵虎不由自主打了一個寒噤。

龍飛接說道：「那幅畫畫得非常逼真，雖則明知道那只是一幅畫，但多看幾眼，我仍然不禁為之心寒。」

鐵虎道：「現在屏風上並沒有你說的那樣子一幅畫。」

「可是……」龍飛嘆息道：「如果我沒有看錯，屏風仍然是那面屏風。」

「大小形狀都一樣？」

「分明都一樣。」

「那麼，畫呢？」

「你問我，我問誰？」

「水月觀音……」

「非獨水月觀音，就連那張古琴和承琴的那張几子，還沒有放在那邊牆下，那個木美人全都不見了。」

鐵虎冷笑道：「不成就化做了那股白煙，在天空消失。」

龍飛微喟道：「這只怕就是最好的解釋了。」

鐵虎又上上下下的打量了龍飛一遍，說道：「本來，我已經有些相信，現在，又不得不有所懷疑。」

龍飛苦笑道：「換了我是你，相信亦是如此。」

他嘆息接道：「我今次的遭遇確實是太詭異，太難以令人置信。」

鐵虎瞪著龍飛道：「不過你是怎樣一個人，我也清楚得很，以你的為人，是絕不會無中生有，揑造事實。」

他一頓接道：「這也許是你今天的精神不大好，生出這許多幻覺。」

龍飛沒有回答，目光又凝結在那扇屏風之上。

屏風上那幅雪白的冰綃上端不知何時出現了拇指大小的一朵血花。

那朵血花徐徐繼續增大。

龍飛倏的戟指那朵血花，啞聲道：「不成這個也是幻覺？」

鐵虎循指望去，道：「這是什麼？」

龍飛道：「血！」

鐵虎瞪眼道：「哪兒來的血？」

龍飛的手指緩緩往上移。

那朵血花之上的雕花木框赫然有一小灘鮮血正在徐徐往下淌。

那屏風的外框乃是紅褐色，鮮血黏在上面，若不仔細，實在不容易看得出來的。

龍飛連隨道：「方才必然是有人傷亡，乃至血濺到屏風外框之上，也所以我聽到慘叫聲。」

鐵虎詫異的道：「那麼……」

兩個字才出口，「咪——嗚」一聲陰森恐怖的貓叫聲突然劃空傳來！

龍飛、鐵虎出其不意，齊都一驚，抬頭循聲望去，屏風上那條橫樑的暗影中，赫然伏著一隻大黑貓。

那隻大黑貓正瞪著他們，一雙眼波也怪，閃動著慘綠色的光芒。

看見這雙貓眼睛，龍飛不由自主憶起水月觀音那雙毫無生氣的眼睛，憶起水月觀音出現之時聽到的那三聲恐怖凌厲的貓叫。

——這隻黑貓難道就是那個水月觀音的化身？

一連串的詭異遭遇，龍飛的思想不覺也變得詭異起來。

在鐵虎眼中，那卻只不過是一隻貓，他望了一眼，道：「這隻黑貓什麼時候走來的？」

龍飛道：「我也不清楚，也許牠一直就伏在那裡，只是我們沒有在意。」

鐵虎忽然一笑，道：「可惜貓不懂得說人話，否則牠或者可以告訴我們到底是怎麼一回事。」

龍飛道：「這確是可惜得很。」

說話間，那隻大黑貓已經從橫樑上站起來，倏的低頭叼起了一樣東西。

龍飛立即發覺，卻看不清楚，脫口道：「你看牠叼著什麼？」

鐵虎也看不清楚。

那隻大黑貓旋即舉步。

鐵虎就在這時候突然雙掌一拍，「叭」一聲，響亮得有如響了一個小雷。

大黑貓給他這一嚇，身形一窒，嘴一開，叼著的那樣東西從嘴中掉下，一直從樑上掉向地面。

牠驚魂仍未定，身形陡彈，放開腳步，踏著橫樑疾向廳堂裡面奔去。

鐵虎看在眼內，格格大笑道：「這隻貓雖然不小，膽子並不大。」

龍飛的目光卻落在那樣東西之上。

是一隻老鼠！

那隻死老鼠，一個身子幾乎被咬成兩截，血肉模糊。

鐵虎目光一落，笑聲不絕，道：「我還以為是什麼，原來不過是一隻老鼠，屏風上那些血的來源現在總算也明白了。」

一頓，手指著那扇屏風，接道：「這是鼠血，並非人血。」

龍飛不作聲。

鐵虎笑接道：「想不到你這位大劍客竟然被一隻大黑貓，一隻老鼠嚇成這個樣子。」

龍飛嘆息道：「但是我看見的種種怪事又如何解釋？」

鐵虎道：「一個人精神不佳，難免就會生出種種的幻覺。」

龍飛搖頭道：「絕不是幻覺。」

鐵虎道：「那麼證據——你能否拿出任何證據證明這些事情？」

龍飛亦只有搖頭。

鐵虎一正面容，道：「沒有證據，縱然你說的完全是事實，在目前亦請恕我難以接受。」

做他那種工作的人，最重要的就是證據。

片面之詞並非證據。

龍飛明白鐵虎是怎樣的一個人，沉吟了片刻，腳步倏開，轉過那扇屏風。

屏風的後面並沒有任何東西。

再過一丈就是對門那面牆壁，正中有一個窗子，卻是在內緊閉。

左右兩道樓梯斜斜向上伸展。

那隻大黑貓正蹲在左面那道樓梯之下，一雙眼閃動著慘綠色的光芒，彷彿隱藏著某種難以言喻的邪惡。

一見龍飛走過來，那隻大黑貓「咪嗚」一聲，立即向樓上竄去。

龍飛緊追在後面，鐵虎亦跟了上來。

「哧」一聲，龍飛再次晃亮那個火摺子。

樓上是一個精雅的寢室，每一樣陳設顯然都頗費心思，一塵不染，分明不時都有人打掃。

四面門窗都緊閉，沒有人，那隻大黑貓，蹲在正中的那張桌子之上，一雙眼綠芒更盛，充滿了敵意。

龍飛沒有理會，繞室走了一圈，小心的檢查所有的門窗。

鐵虎亦步亦趨。

到龍飛回到下面廳堂，眼瞳中已明顯的露出了失望的神色。

鐵虎這時候才開口道：「你現在大概心灰了。」

龍飛苦笑。

鐵虎移步到門旁那扇碎裂的窗戶之下，道：「這扇窗戶是你撞碎的？」

「不錯。」

「除了碎裂的那扇窗戶以及虛掩的那道門戶之外，這座小樓的其餘窗無不在內關閉，換句話說，要離開必須經由這門窗，以你的目光銳利，聽覺的靈敏，若是有人經由這一門之窗離開，相信很難逃得過你的耳目，何況還要搬走那麼多的東西？」

龍飛不能不點頭。

鐵虎接道：「縱使有白煙掩護，我看也一樣不可以，除非就真的化成了那股白煙。」

龍飛「嗯」一聲。

鐵虎笑接道：「可惜我雖然相貌長得像鍾馗，卻沒有鍾馗那種神通，不能夠辨別你說的到底是事實還是幻覺。」

龍飛道：「這的確可惜得很。」

鐵虎道：「既然如此，這件事現在應該告一段落了。」

龍飛目光一轉，道：「難道你不覺得這座小樓實在有些奇怪？」

鐵虎道：「你又發現了什麼？」

龍飛道：「一進來你我便應該發現，這座小樓與周圍的環境完全不協調。」

鐵虎道：「你是說外面野草叢生，顯然已荒廢多時，而這裡則一塵不染，好像時常有人來打掃的麼？」

龍飛頷首道：「照道理，這裡應該是蛛網塵封才對。」

鐵虎道：「但你有沒有考慮到另一個問題？」

龍飛道：「這幢莊院未必已荒廢？」

鐵虎道：「打掃整幢莊院是一件很吃力的工作。」

龍飛道：「那麼住在這幢莊院的人若不太老必然就太懶。」

「當然亦有可能另有原因。」

「嗯。」

「不過，無論怎樣也好，只要這裡還有人居住，我以為你最好就趕快離開。」

「這個時候，未經許可擅入別人莊院，非姦即盜？」

「他們若是嚷起來，我這位捕頭職責所在，總不成袖手旁觀。」

龍飛笑笑道：「這裡若是真的還有人居住，看見方才那股白煙及這兒的燈光，早就已過來一看究竟了。」

「他們也許已入睡了。」

「如此就更不用擔心了。」

「你仍未死心？」

龍飛笑笑。

鐵虎摸摸鬍子，道：「好像你這種人，不做捕頭實在可惜。」

龍飛笑道：「我若是真個幹你那一行，還有你立足的餘地？」

鐵虎大笑。

笑聲未絕，樓中倏的逐漸黯了下來。

鐵虎立時察覺，笑聲一頓，奇怪道：「這到底是怎麼回事？」

話口未完，燈火突然熄滅！

又是一片黑暗。

那剎那間，鐵虎面色也變了。

龍飛卻顯得很鎮定，道：「油盡自然燈枯。」

鐵虎吁了一口氣，道：「你燃亮燈火的時候油已經將盡了？」

龍飛道：「不錯，卻想不到這麼快便已燃盡。」

鐵虎嘟喃道：「你怎麼不早些說，險些兒沒有嚇破我的膽子。」

龍飛笑道：「你的膽子什麼時候變得這樣薄弱？」

鐵虎埋怨道：「還不是聽了你那番仙神鬼怪的話。」

龍飛笑道：「沒有燈，你我想不走也不成了。」

黑暗中，腳步聲起，鐵虎第一個從樓內走出來，龍飛緊跟在鐵虎後面，反手將門戶帶上。

鐵虎即時道：「院子裡有人。」

龍飛也看見了。

他們其實並沒有看見那個人，只看見那個人的一角衣袂。

白色的衣袂，從月洞門入門不遠的一株梧桐樹後露出來。

相距雖然並不遠，但如果不是那株梧桐樹後面散發出一團光芒，他們真還不容易發覺。

那是什麼光？在那株梧桐後的到底是人還是仙神鬼怪？

◇◇◇◇

雨未歇，煙霧般飄飛。

秋殘時候竟然連綿不絕的下著這種煙雨，是不是有些奇怪。

龍飛、鐵虎不約而同，雙雙奔下樓前石階，鐵虎遙呼道：「樹後是什麼人？」

那團光應聲從梧桐樹後移出來。

是一盞白紙燈籠，握在一個白衣老婦的手中。

那個白衣老婦，看樣子年紀應已過六旬，一臉的皺紋，燈光映照下更加明顯，滿頭白髮披散，迎風飄舞。

她一身衣白如雪，臉色亦是雪一樣毫無血色，也不知是燈光影響還是原來如此。燈光迷濛，風吹衣髮，她簡直就像是飄出來，不像是走出來。龍飛和鐵虎不由自主齊都打了一個寒噤。

白衣老婦沒有回答，反問道：「你們又是什麼人？」

她的聲音並不難聽，相貌也並不難看，甚至還帶著一般老婦人的那種慈祥，可是那一身白衣，再加上一頭白髮披散飄舞，已經有幾分恐怖，在這個時候，這種地方，還有這種燈光之下，更令人心寒。

就連聲音，在龍飛、鐵虎聽來，也覺得有些陰森恐怖了。

鐵虎立即應道：「我是捕頭鐵虎，旁邊這一位是我的朋友。」

白衣老婦這時候亦已看清楚鐵虎的裝束，聽說一怔道：「鐵大人這時候來，未知道有何貴幹？」

鐵虎正不知如何回答，這邊龍飛已插口問道：「老人家住在這個莊院？」

白衣老婦點頭道：「什麼事？」

龍飛問道：「這個莊院何以弄成這個樣子？」

白衣老婦反問龍飛道：「你問來幹什麼？」

龍飛答道：「清楚一下這個莊院的情形。」

白衣老婦追問道：「到底發生了什麼事？」

龍飛試探道：「這個莊院之內有沒有一個臉龐與雙手都長滿蛇鱗的人？」

白衣老婦不假思索，搖頭答道：「沒有。」

龍飛道：「我卻是看著他從後門走進來。」

白衣老婦道：「後門沒關上？」

龍飛道：「否則我們怎能夠進來？」

白衣老婦道：「那恐怕是小偷了，你們沒有把他抓起來？」

龍飛道：「到我進來的時候，他已經不知所蹤，看見這座小樓有燈光，所以過來一看。」

白衣老婦道：「那個燈不是你們亮起來的？」

龍飛道：「第一次不是。」

「那是誰？」

「不清楚。」

「你們沒有看見什麼？」

「看見一個女人。」

「怎樣的女人？」

「手捧白蓮花，作水月觀音裝束！」

龍飛這句話一出口，白衣老婦的神情就立即大變了，她驚訝的望著龍飛，囁嚅著道：「你說什麼觀音？」

「水月觀音。」

「喃嘸阿彌陀佛！」白衣老婦一聲佛號，才問道：「後來觀音怎樣了？」

龍飛道：「走進小樓內彈琴。」

白衣老婦神情一變再變，惶恐的道：「就是方才那些琴聲。」

龍飛道：「老人家，她到底是誰？」

白衣老婦不答反問；「彈完琴，是不是化成一股白煙升上天空？」

龍飛道：「那股白煙老人家也都看見了？」

白衣老婦聽龍飛這樣回答，神情又一變，複雜之極，也不知是什麼感受，連連口喧佛號。

龍飛追問道：「老人家……」

三個字才出口，白衣老婦突然怪叫一聲，口喧佛號，轉身就跑。

龍飛正想追前，卻被鐵虎一把拉住。「看樣子她恐懼得很，現在你就是追上去，也未能夠從她口中知道什麼，甚至只有使她更恐懼。」

「這也是，我到底是一個陌生人。」

「倒不如明天再找她一問。」

「明天？」

「這種事，應該大白天跟她說的，要知道，她到底是一個上了年紀的女人。」

「只怕她不肯接見我們。」

「這幢莊院之內應該不會只得她一個，你截住她追問，慌張之下她一陣呼叫，驚動其他人，可就麻煩了。」

「即使明天，麻煩還是有的。」

「不過總比現在好說話。」

「也許。」

「看情形，這其中真的大有蹊蹺。」鐵虎沉吟道：「明天我教手下打聽清楚這幢莊院的底細，再作打算。」

「別忘了給我通知一聲。」

鐵虎倏的一笑，道：「難得見你這樣緊張，我有些懷疑你與這件事有關係。」

龍飛頷首道：「多少。」

鐵虎「哦」一聲，追問道：「是什麼關係？」

龍飛道：「那個木美人的面貌太像我認識的一個女孩子。」

鐵虎道：「誰？」

「丁紫竺。」

「這個丁紫竺又是什麼人？」

「丁鶴的女兒。」

「一劍勾魂丁鶴？」

「正是。」

「丁紫竺與你又有……」

「她與我有婚約。」

鐵虎恍然道：「這就難怪了。」

龍飛道：「縱然沒有這種關係，這件事既然給我遇上，還是要管的。」

鐵虎道：「你本來就是一個好奇心很重的人。」

龍飛道：「重得要命。」

鐵虎道：「丁鶴以我所知就住在鳳凰鎮。」

龍飛道：「而且就是隔壁的那一幢莊院。」

「這麼巧？」

「所以才擔心。」

「我以為，你現在應該過去隔壁莊院一看究竟。」

「正有此意，與我一起過去如何？」

「不必了，我這一身裝束與你一起過去，不難會引起不必要的誤會。」

鐵虎道：「縱然真的有什麼事情發生，丁鶴也只會與你說話，我在場，反而不方便。」

龍飛無言。

鐵虎笑接道：「做了這麼多年的捕頭，你們江湖上人的脾氣我還不清楚？」

龍飛道：「以前你好像並不是這樣說話。」

鐵虎道：「釘子碰得多了，人自然就會有些改變。」

龍飛道：「你心中其實並不服氣。」

鐵虎笑笑，道：「所以有時還是忍不住要管的。」

一頓他又道：「憑你與丁鶴的武功，還有什麼事情解決不來？」

龍飛道：「有些事情並不是憑武功就可以解決的。」

「你卻也不是有勇無謀之輩。」鐵虎摸著鬍子道：「不過什麼事也好，能夠的話，你最好都通知我一聲。」

龍飛「嗯」一聲。

鐵虎道：「相信你知道在哪裡可以找到我。」

龍飛笑笑道：「我沒有忘記你是一個捕頭。」

說話間兩人腳步不停，不覺已到後門，出了後門，龍飛將門掩上，輕吐了一口氣。

他的衣衫已經被雨粉披濕，夜風吹來，也覺得寒意侵肌。

那匹馬並沒有走遠，仍然在門外徘徊，看見他們來，沉濁的倏地低嘶一聲。

這馬嘶在今夜也好像顯得有些妖異。

龍飛不由得苦笑一聲。

鐵虎目光一轉道：「那是你的坐騎？」

龍飛道：「嗯。」

鐵虎道：「牠好像認得你這主人。」

龍飛道：「牠已經跟了我有四年。」

鐵虎道：「不要是一匹馬精才好。」

話口未完，他已經笑起來。

那匹馬即時低嘶連聲，竟然也好像在笑，鐵虎聽在耳裡，不由自主也打了一個寒噤，笑聲亦自一斂。

龍飛反而笑起來，道：「這種話還是不要在這個時候說的好。」

鐵虎嘟喃道：「你那番鬼話實在嚇人，害得我膽子也變小了。」

龍飛走過去拉住韁繩，道：「要不要我護送你回去？」

鐵虎大笑道：「我這個膽子，大概還不至小到不敢獨個兒回去。」

笑語聲中他大踏步向前走。

龍飛亦牽著那匹馬，亦自舉起腳步。

走的是另外一個方向。

# 五 魔手

夜已深，風更急。

龍飛牽著坐騎，轉了兩個彎，終於來到了丁家莊門前。

他躊躇了一會，才步上石階，叩動門環。

到他第三次叩動門環，門方在內打開來。

開門的是一個老蒼頭，打著燈籠，精神飽滿，雙手也很穩定。

「是誰？」

「壽伯，是我！」

那個老蒼頭正是丁家莊的老家人丁壽。

這時候他亦已看清楚龍飛的臉龐，驚喜道：「龍公子！」

他慌忙大開門戶，連聲道：「快，快進來，別要讓雨淋壞了。」

龍飛道：「對不起，吵醒你出來。」

「我哪有這麼早睡覺？」丁壽從龍飛手中接過韁繩。「三年不見，公子還是那個樣子，英俊瀟灑，溫文有禮。」

龍飛尚未回話，丁壽說話又已接上：「是了，公子怎麼三年都不來一趟，我們小姐眼都快要望穿了。」

龍飛一笑，道：「小姐可好？」

丁壽道：「好，就是整天惦掛著公子呢。」

龍飛問道：「她現在大概已經休息了吧。」

丁壽搖頭道：「小姐她今天清早去了鄰鎮探望外婆，據知會留宿一宵，明天才回來。」

龍飛試探問道：「那邊沒有事吧？」

「沒有。」

龍飛心頭一沉。

他立即走來丁家莊，主要當然是想要知道紫竺到底有沒有遭遇意外，其次就是要問清楚紫竺有沒有曾經給什麼人對著雕刻。

對於那個木美人，他始終耿耿於懷。

但現在心頭一沉，卻並非因為這件事，而是因為紫竺不在家。

——紫竺今天應該在家的。

十天前，他已經差人送信紫竺，告訴紫竺他今天必會到來。

可是現在紫竺並沒有在家等候。

丁壽當然不知道龍飛那許多，接道：「小姐雖然不在家，老爺卻在家，公子要不要先去見見他老人家？」

龍飛心念一轉，道：「不知休息了沒有？」

丁壽道：「方才我經過書齋，見書房之內仍然有燈光，相信還未休息。」

龍飛道：「我現在就到書齋。」

丁壽道：「書齋在那邊，公子是否還有印象？」

龍飛道：「才不過三年，我的記憶力相信還不致那麼差，自己可以的。」

三年前，龍飛乃是這裡的常客，對這裡的人固然熟悉，地方也一樣熟悉得很。

丁壽道：「那麼我先替公子安置好坐騎，回頭再準備房間！」

龍飛道：「有勞。」

丁壽道：「就以前那個房間好嗎？」

龍飛道：「最好不過，省得再麻煩你老人家指引。」

丁壽道：「什麼說話，公子不罵我骨頭懶我已經開心得很。」

龍飛笑接道：「那個房間也無須怎樣準備，隨便可以了。」

丁壽道：「這最低限度也得打掃乾淨，否則公子你如何睡得舒服？」

龍飛道：「不要緊，時間已不早，你還是早些休息吧，明天再說。」

語聲一落，龍飛舉步向西面走去！

書齋正在西面。

夜雨梧桐，秋風落葉。

這個院子秋意似乎特別深濃。

書齋在這個院子的正中。

龍飛一踏入這個院子，就有一種熟悉的感覺。

他並非第一次進來，雖然三年，也並未忘記這裡的一切，可是那種熟悉的感覺，卻竟似不是因此而生。

是不是因為這座院子的結構與方才他進去的那座小樓所在的那院子有些相似？

進口一樣是一道月洞門，入門一樣有花樹，有梧桐，那邊也一樣有一片竹林，位置卻與那個院子的一片相反，乃是在西面。

一東一西，這兩個院子莫非就只隔著一片竹林，一道圍牆？

龍飛好容易才壓下那股穿過竹林，翻過圍牆一看究竟的衝動。

書齋果然有燈光外透，門半開。

龍飛來到門外，仍然聽不到絲毫聲息，舉手叩門，也沒有反應。

他仍然等了一會才舉步走進去。

書齋內並沒有人！

丁鶴去了哪裡？

◇◇

西牆下有一面三稜屏風。

屏風上畫著一幅松鶴圖。

孤松上淒然立著一隻孤鶴，獨對著一輪孤月，一股難言的蒼涼幽然從畫中散發出來。

龍飛早就已感覺到這股蒼涼，甚至曾經問過了丁鶴，何以不多畫一隻鶴在上面？

丁鶴當時卻只是淡然一笑，龍飛也沒有再問。

因為那霎時他已經省起了丁鶴早年喪偶，一直沒有續弦再娶。

三年後的今日，屏風仍然是放在西牆下原來那個位置，書齋內的一切陳設也顯然和三年前的一樣，並沒有任何改變。

丁鶴毫無疑問是一個非常守舊的人。

龍飛目光一轉，又落在那面屏風之上，忽然舉步向那面屏風背後走過去。

屏風後面也沒有人。

——怎麼我忽然變得這樣多疑？

——不成著了魔？

龍飛搖頭苦笑，轉向那邊書案踱去。

書案上放著筆墨硯，還有一軸橫卷。

硯中半載墨汁，燈下閃著異光，筆放在架上，飽染墨汁，看來仍未乾透。

橫卷上寫著一首詩——李商隱的一首無題。

來是空言去絕蹤
月斜樓上五更鐘
夢為遠別啼難喚

書被催成墨未濃
蠟照半籠金翡翠
麝薰微度繡芙蓉
劉郎已恨蓬山遠
更隔蓬山一萬——

字寫得很好，很工整，寫到那個「萬」字出現敗筆，最後那個「重」字也沒有寫上去。

那會兒必然發生了什麼事情，也必然很突然，很重要，以至丁鶴非獨寫不好那個「萬」字，甚至立即放下筆離開。

——究竟是什麼事情？

龍飛不由自主的俯身拿起那軸橫卷。

那個「萬」字也已經完全乾透，丁鶴離開書齋顯然已相當時候。

什麼時候才回來？

龍飛沉吟未已，身後倏的傳來一陣奇怪的聲響，好像有什麼東西在爬動。

他應聲回頭，就看見一個人冷然站在那面屏風的旁邊。

那個人年逾五旬，顴骨高聳，目光刀一樣，閃亮而銳利，兩頰亦有如刀削，三綹長鬚，一身藍靛花繡，無風自動。

他身材出奇瘦長，站在那裡就像是一隻孤鶴。

龍飛一眼瞥見，當場怔住！

那個人不是別人，也就是輕功兩河第一，劍下從無活口的「一劍勾魂」丁鶴！

這是丁鶴的書齋，丁鶴在這個書齋出現，並不是一件值得奇怪的事情。

龍飛驚訝的只是丁鶴如何出現。

他雖然不是面門而站，但在他站立的位置，若是有人從門外進來，絕對逃不過他的眼睛。可是現在丁鶴的出現，他竟然全無所覺。

書齋那邊的窗戶只有兩扇開啟，但燈也就是掛在那邊，丁鶴若是從窗口進來，縱然他輕功如何高強，身形展動，亦難免帶動燈光。

那剎那燈光並無任何變化。

那個窗戶與丁鶴現在站立的地方而且又有一段距離。

丁鶴簡直就像是本來站在那面屏風之後，現在才轉出。

龍飛方才卻已經很清楚屏風之後並沒有人在。

難道丁鶴竟然懂得魔法？抑或是他輕功已到了出神入化的地步？

丁鶴看見龍飛在書齋之內，亦顯得非常奇怪，半晌才脫口道：「小飛！」

龍飛回應一聲：「師叔！」放下手中的那軸橫卷。

丁鶴其實是龍飛的師叔，武林中人知道這件事的卻並不多。

龍飛的師父「一鷗子」二十年前已歸隱。

丁鶴近這十年來亦已入於半歸隱的狀態中！

後起的一輩，很多都已不知道有丁鶴這個人，但對於龍飛，卻很少有人不知道！

尤其這三年，龍飛的聲名更是凌駕任何一人之上。

武林中當然有很多人都想弄清楚龍飛的底細，特別是龍飛的仇人。

只可惜龍飛雖然沒有隱瞞，在他們來說，大都仍然是陌生得很。

只有很少人聯想到丁鶴，知道龍飛的師父一鷗子與丁鶴乃是師兄弟！

丁鶴上下打量了龍飛一眼，道：「你什麼時候來的？」

龍飛道：「才到了片刻。」

丁鶴道：「到來之前怎麼不先通知紫竺一聲？」

龍飛道：「十天前，我已經著人送了一封信給她。」

丁鶴道：「倒沒有聽她說過。」

他的說話語聲很冷淡，面上亦毫無表情，一反三年之前的那種親切，在龍飛的感覺，簡直就像變了一個人！

龍飛在不由自主仔細的打量了丁鶴一遍。

丁鶴比三年之前明顯的蒼老了很多，也不知是燈光影響還是什麼原因，面色異常蒼白，眉宇間彷彿凝聚著重憂，瞳孔的深處又依稀隱藏著恐懼。

目光轉落在丁鶴那襲藍靛花繡長衫之上，龍飛那顆心更就怦然一跳。

——在那邊小樓之中，突然出現在水月觀音之前的那個人不就是穿著這種藍靛花繡衣裳？

——那個人不成就是他?

龍飛心念一動,自然又省起了丁鶴的突然出現!

——那個人不也是這樣鬼魅般出現?

他連隨發現了丁鶴的左手用白布緊緊裹著。

白布之上血漬斑斑。

他脫口問道:「你老人家的左手怎樣了?」

丁鶴一愕,有些狼狽的道:「沒什麼,方才磨劍的時候一不小心割傷。」

——這個時候磨劍?

——像他這種老手怎麼會這樣大意?

龍飛雖然在懷疑,仍然關心的問道:「傷得不重吧?」

「皮外傷,不要緊。」丁鶴好像看出龍飛在懷疑,忙不迭解釋。「真是個八十老娘倒綳孩兒,我磨劍三十年,這還是破題兒第一趟。」

龍飛試探道:「師叔這時候磨劍,莫非出了什麼事?」

丁鶴打了一個哈哈,道:「你師叔差不多已經有十年絕足江湖,恩恩怨怨早已了斷。」

他笑得顯然有些勉強，一頓又說道：「不過武功不練，日久難免生疏，劍不磨，日久亦難免生鏽，好像你師叔這種嗜劍如狂的人，縱然已退出江湖，武功始終還是不離手，劍也是還要常磨。」

這番解釋雖則是甚有道理，龍飛仍然有一種感覺。

——丁鶴在說謊。

——到底發生了什麼事情？為什麼他要這樣隱瞞？

龍飛畢竟是一個尊師重道的人，儘管在懷疑，也沒有追問下去！

他兩步走到那邊竹榻前，拂袖一掃，連隨恭身道：「你老人家快請過來休息一下。」

丁鶴失笑道：「在你面前，我最少老了十年。」

這一次他笑得雖然很自然，眉宇間的重憂並沒有稍退。

他仍然走了過去坐下，說道：「你也坐。」

龍飛欠身在旁邊一張竹椅坐下。

丁鶴旋即道：「這三年你在外面幹得實在不錯，前些時有幾個朋友來探我，提起你，都讚不絕口，連『雙斧開山』杜雷都倒在你劍下，年輕的一輩之中，論聲名，相信沒有蓋得過你的了。」

龍飛道：「侄兒並非刻意求名，只是有些事實在不管不快。」

丁鶴道：「好！有所不為有所必為，這才是男子漢！大丈夫！」

一頓又說道：「你這次來得卻不是時候。」

龍飛道：「哦？」

丁鶴道：「紫竺去探望她的外婆，要見她，要明天才成。」

龍飛道：「壽伯已跟我說過了，不過我……」

丁鶴笑截道：「不要不過了，師叔也曾年輕過，你們年輕人的心事又怎會不知道？」

話尚未說完，他的笑容便淡下來，好像忽然觸起了什麼心事。

龍飛正要回答，丁鶴說話又已接上：「壽伯這時候大概已替你準備好房間。」

言下之意，無疑的就是要龍飛離開書齋。

龍飛脫口道：「師叔，我……」

丁鶴鑑貌辨色，道：「你莫非有什麼事要與我說？」

龍飛沉吟道：「的確有件事想向你老人家打聽一下。」

丁鶴道：「什麼事？」

龍飛道：「那是關於隔壁那一幢莊院的。」

丁鶴一怔，瞬也不一瞬的望著龍飛，道：「隔壁那幢莊院怎樣了？」

龍飛道：「我只是想知道那是誰的地方。」

丁鶴想想道：「那是蕭立的莊院。」

龍飛道：「三槍追命蕭立？」

丁鶴道：「正是那一個蕭立。」

龍飛道：「聽說他與你老人家是很要好的朋友。」

丁鶴無言頷首。

這並非什麼秘密，老一輩的武林中人很少不知道丁鶴和蕭立情同手足，「一劍勾魂」、「三槍追命」曾經聯袂闖蕩江湖，所向無敵。

可是現在提起蕭立這個人，丁鶴卻顯得好像不大開心。

龍飛也是現在才知蕭立就住在隔壁。

——既然是那麼要好的朋友，丁鶴何以一直沒有提及？

——莫非兩人之間曾經發生了什麼衝突？

龍飛試探道：「不知道那位蕭老前輩現在怎樣？」

丁鶴緩緩地道：「很好。」

他連隨反問龍飛：「怎麼你突然問起隔壁那幢莊院？」

龍飛道：「沒什麼，不過剛才走過，看見奇怪，信口一問。」

丁鶴追問道：「何奇怪之有？」

龍飛道：「那幢莊院好像已荒廢了多年？」

丁鶴道：「你如何得知？」

龍飛道：「莊院的門戶沒有關閉，裡頭的院子野草叢生……」

丁鶴道：「這幾年我也不知道蕭立在攪什麼鬼，好好一幢莊院弄成這樣子。」

龍飛道：「師叔與他既然是那麼好的朋友，怎麼不問他？」

丁鶴微喟道：「他已經有三年閉門謝客了。」

龍飛道：「哦？」

丁鶴沒有再說什麼，呆呆的坐在那裡，一面的惆悵。

龍飛轉問道：「這附近可有什麼人精於雕刻的？」

丁鶴沉吟道：「蕭立的長子玉郎據說精於此道，無論蟲魚鳥獸，在他的刀下，據說都無不栩栩如生，所以有『魔手』之稱！」

「魔手？」龍飛的眼前不覺浮現出那個酷似紫竺的木雕美人。

——莫非就是出於蕭玉郎魔手之下？

丁鶴接著道：「這附近有兩間寺院的佛像據說都是出於他的刻刀下，我卻是沒有見過。」

龍飛道：「紫竺與他認識不認識？」

丁鶴道：「認識，以前他不時都會過來這邊找紫竺閒坐，小時候更是玩在一起呢。」

「是麼？」龍飛的心頭鑾不是滋味。

丁鶴好像瞧出了什麼，笑笑道：「你不是在哪兒聽到了他們兩人的什麼閒言閒語，所以趕回來一看究竟？」

龍飛慌忙搖手道：「不是不是，完全沒有那種事。」

丁鶴道：「縱然有，你也大可放心，紫竺與他話雖說青梅竹馬長大，卻完全不喜歡他這個人。」

龍飛苦笑道：「真的沒有那種事。」

丁鶴雙眉忽然皺起來，道：「不過他已經三年沒有過來這邊了，自從蕭立閉門謝客，他就好像也都絕足戶外。」

龍飛道：「也許真的發生了什麼事情吧。」

「也許。」丁鶴一聲嘆息。

嘆息著他望了一眼窗外，道：「不早了，你還是去休息吧，有什麼需要吩咐壽伯就是。」

龍飛欠身道：「師叔你……」

丁鶴道：「我還想在這裡坐坐——明天我再跟你好好的談談。」

龍飛只好告辭。

◇◇◇

出了書齋，龍飛心頭更加沉重。

不見了丁鶴倒還罷了，見了丁鶴，他心中的疑問非獨沒有解決，反而增加。丁鶴的那一襲藍靛花繡長衫的突然出現，自然使他聯想到在那邊小樓中突然出現的那個人。

受傷的左手，自然使他聯想到小樓中傳出來的悶哼聲，慘叫聲。

——丁鶴是否就是那個人？

——他的手是否就在那邊受傷，屏風上的血是否也就是他的血？

——如果都是，這到底怎麼一回事？

——他如何出現？為什麼要到那邊？那個水月觀音與他又是什麼關係？

——還有那個水月觀音，那個長滿了蛇鱗的怪人，那尊酷似紫竺的木雕美人到底是仙神抑或妖魔的化身還是什麼?

——不是仙神妖魔的話，又如何離開那座小樓?

這些問題如果丁鶴就是那個人，縱然不能夠完全解答，最低限度也可以解答其中大部份。

當然丁鶴或者有他自己的苦衷，一個問題也不會解答。

也當然他或者根本就不是那個人，對於那些事完全一無所知。

龍飛幾經考慮，好容易才壓抑住那股回頭去一問丁鶴的衝動。

因為他看得出丁鶴現在的心情很惡劣，現在並非說話的時候。

——酷肖紫竺的那尊木雕美人若非魔法或者仙術幻化出來，毫無疑問就出於高手刀下。

——丁鶴長居於此，附近如果有第二個精於雕刻的人，應該不會只說出一個蕭玉郎，那麼那個木雕美人毫無疑問就是蕭玉郎的傑作。

——蕭玉郎儘管有「魔手」之稱，那把刀出神入化，但是，沒有真實的東西為底本，縱能得其形，亦不能得其神韻。

——那尊木美人就像是紫竺的化身。

——紫竺與蕭玉郎既然青梅竹馬長大，交情應該不會淺，可是裸對蕭玉郎，這豈是朋友之間所能夠做出來？

——萬一真的是如此？

龍飛由心生出了一種強烈的妒忌。

那真的是妒忌，強烈到他自己也立刻發覺了。

他不由苦笑起來。

毫無疑問他是深愛著紫竺。

沒有真愛便沒有妒忌。

# 六　魅影

雨終於停下。

夜更深。

一輛馬車在鳳凰鎮西而後一條小路上徐徐前行。

這正是日間險些與龍飛相撞，在龍飛追到蕭家莊後門，一旁奔了出去的那輛馬車。車廂中仍放著那副棺材，車座上也仍然坐著那個車把式。

一樣的白范陽遮塵笠帽遮蓋著面目，一樣的衣衫裝束，控韁握鞭的雙手長滿了一片片蛇鱗。

不就是那個怪人？

他進入蕭家莊之後便不知所蹤，現在卻出現在這裡，仍然駕著那輛馬車。

——這到底是妖怪還是人？現在他又要去什麼地方？

——那副棺材中是否又仍載著那個木雕美人？

◇◇◇

轔轔車聲與得得蹄聲劃破了深夜的靜寂。

沒有驚動任何人。

這附近根本就沒有人家。

小路在大道的左側，剛好容得那輛馬車駛過。

在前面不遠的地方有一幢小小的莊院，隱約有微弱的燈光透出來。

那也並不是人家。

整個鳳凰鎮只有一個人敢膽住在那裡，也非住在那裡不可。

因為他是鳳凰鎮的鄉紳出錢來看守那幢莊院的。

他叫做何三，本來是一個仵工，年老無依，也所以非接受這份工作不可。

那幢莊院之內的確只得何三是個活人，卻有無數冤魂。

客死他鄉，無人認領或者有人認領未暇運返家鄉的死人都住在那幢莊院之內。

他們當然是不分晝夜，都臥在棺材之中。

變成殭屍的在深夜或者會例外。

至於他們之中到底有沒有變成殭屍，那就得問何三了。

何三卻從來都沒有說過有那種事情發生。

儘管如此，沒有必要，鳳凰鎮的人還是很少從這裡經過，夜間就更不在話下。

那幢莊院是一幢義莊。

◇◇◇◇

車馬聲終於停下。

那個怪人赫然就將那輛車停在那幢義莊的門前。

他插好馬鞭，從車座上躍到後面的車廂，托起了那副棺材，抬在右肩上。

好大的氣力。

那副棺材之中縱然沒有死人，也不會輕到哪裡去，可是他竟然就這樣托著，而且從容從車廂躍下來。

義莊門大開。

這幢莊院除了死人與棺材，根本就沒有什麼東西可偷，也沒有小偷敢偷到這裡來。

瘋了的當然例外。

怪人就托著那副棺材穿門走入義莊之內。

棺材又蓋上，裡面現在又載著什麼東西？

◇

穿過一個小小的院子，就是義莊的大堂。

一排排的長凳上放著一具具的棺材，有的還很新，有的連黑漆都已脫落。

近門的一張木桌子之上，放著一盞油燈。

燈火黯淡，一種難言的陰森充斥著整個大堂。

風從堂外吹入，燈火搖曳，燈影搖動，每一副棺材的蓋子都好像要打開來。

無論膽子怎樣大的人走進這種地方，只怕都難免毛骨悚然，少耽一刻得一刻。

那個怪人卻托著棺材從容走到大堂正中，緩緩的轉了一個半身。

燈光映射下，他雙手蛇鱗螢然閃著異光。

突然，他偏身猛撞在旁邊那副棺材之上！

那副棺材被他撞得從長凳上飛落！

隆一聲巨響，棺材撞在地面上，整塊地面以至整個大堂都為之震動。

那個怪人旋即將肩托那副棺材，在空出的那兩張長凳上放下。

然後他一拍雙手，坐在地下那副棺材之上，既像在歇息，但又像在等候什麼。

風吹燈影，陰森的氣氛更濃重。

大堂的左面有一間小小的房子！

何三就住在這個房子之內。

房子很簡陋，但日用之物大都齊全。

那盞油燈也燃著，放在窗前一張桌子上，燈旁放著一個空酒瓶。

做仵工這種跟死人打交道為職業的人大都很喜歡喝酒。

也許因為酒能夠壯膽，又能夠使人容易入睡。

何三雖然是仵工出身，但看守這幢義莊，晚上如果沒有幾兩酒下肚，也一樣睡不闔眼。

今夜他喝了二兩。

現在他正睡在床上，熟睡。

二兩燒刀子並不足使人醉得不醒人事，對於何三這種終年累月與酒為伍的酒徒，根本就算不了什麼。

只是他不能夠多喝。

因為他賺的錢只夠他每天喝二兩，今夜若是喝多二兩，明夜便乾瞪眼等著天亮。

所以雖然沒有人管他，他也不能不自我節制。

現在他只是睡著，並沒有醉死。

房外堂中棺材撞在地上那一聲巨響，只怕醉鬼也得被震醒。

「隆」一聲入耳，何三嚇得整個人從床上跳起來。

——什麼事？

他揉了一揉老眼，周圍望一眼。

房中並沒有任何異樣。

——不成是打雷？

——可不像。

——聲音好像是大堂那兒傳來，難道是來了小偷？

——小偷又哪有這個膽量，偷到這裡來？

——莫非是屍變，連棺材都弄翻了？

何三一想到這裡，機伶伶的連打了幾個冷顫。

可是他仍然悄悄的滑下床，穿上鞋子，躡足往門那邊走過去。

人總難免有好奇心。

◇◇◇

門在內緊閉。

何三從門縫往外瞄了一眼，並沒有看見什麼。

他大著膽拉開門閂將門拉開兩三寸。

門「呀」的一響。

這道門也實在太朽了。

雖然明知道是門響，何三仍然嚇了一跳！

——見鬼的，看老子哪天將你大卸八塊！

這句話，何三其實已不知罵過多少遍，但不管怎樣，他只要還幹這份工作，就絕不敢弄散這道門。

這道門雖然已太朽，但若少了它，何三以後只怕就沒有一覺好睡了。

◇◇◇

門外並沒有任何異樣。

何三詛咒著再將門拉開幾寸。

他終於看到了掉在地上的那副棺材，看到了坐在棺材之上的那個怪人！

一股怒火立時從何三心底冒上來，一雙手不由自主用力一拉！

「依呀」的一聲，門大開，何三跳著衝出去，衝到那個怪人的身後。

那個怪人彷如未覺，始終背向那邊。

何三一收住勢子，右手就指了出去，大吼道：「老子還以為屍變，原來你這個小子弄鬼！」

那個怪人既不應聲，也不回頭。

何三接著吼道：「你小子瞎了眼睛，也不看現在什麼時候，棺材放在車上一晚上也不成，硬要弇夜放進來。」

那個怪人仍然沒有反應。

何三目光落在地上那副棺材上，火氣更盛，咆哮道：「好哇，居然還將別人的棺材搬下來，是誰給你的膽量！」

怪人還是沒有反應。

何三嘶聲道：「你以為裝聾扮啞就成，沒有這麼容易！識趣的你就將地上這副棺材搬回原位，將你那副棺材搬出去，否則有你這個車把式好瞧！」

怪人終於緩緩的轉過身來，頭卻仍然低垂。

他轉動的姿勢很奇怪，陰慘的燈光下，渾身彷彿包裹在一重煙霧之中。

何三看著看著，滿腔怒火不知怎的，竟然完全消失。

這片刻，他已經發覺眼前這個車把式雖則一身車把式裝束，與一般的車把式似乎有些不同，但他又看不出不同在哪裡。

不過一個人的心情平靜下來，自然就會留意到很多這之前沒有留意到的事情。

——一般人絕不敢在這個時候走來這個地方，更不敢坐在死人棺材之上。

——棺材那麼重，這個車把式居然能夠獨自搬上搬下，別的不說，就是這份氣力已經驚人。

——這個雖然是義莊，也有義莊的規矩，現在這個車把式的作為非獨完全不合規矩，而且獨犯義莊的種種禁忌，即使並非鳳凰鎮的人，既然來到鳳凰鎮，正所謂入鄉隨俗，也應該知道避忌才是的，莫非就恃著幾斤蠻力？

——或者根本是一個白痴？

何三忍不住又問：「你這個車把式到底是哪兒來的？」

怪人依舊一聲不發，默默站起身子。

一聲呻吟即時從堂中響起來，苦悶而淒涼，竟然是女人的聲音。

這聲音飄飄忽忽，彷彿在前，又彷彿在後，彷彿在左，又彷彿在右。

何三張目四顧，除了那個車把式之外，堂中並沒有其他人！

再一聲呻吟。

這一次何三終於聽得出聲音乃是在前面響起來。

前面除了那個車把式，就只有兩副棺材。

聲音不像是來自那個車把式，倒像是發自放在凳上的那副棺材。

何三不由自主的打了一個寒噤，脫口說道：「棺材裡放著的究竟是死人還是活人？」

話說到一半，怪人已轉過身去，雙手按在棺蓋上。

何三的目光自然亦落下，到現在他才發現怪人那雙手遍佈墨綠色的鱗片。燈光下，那些鱗片螢然閃動著一層光澤。

──人手怎會這樣子？

何三吃驚未已，怪人已經將棺材蓋揭開。

又一聲呻吟！

這一次的呻吟聲比方才那兩次清楚得多，仍然是那麼苦悶淒涼。

何三聽得很清楚，聲音的確是來自棺材之內，由心寒出來。

他雖然仵作出身，從未遇過今夜這種事情，也是破題兒第一趟聽到死人在棺材之內呻吟。

──棺材之內的也許是一個活人。

何三儘管吃驚，還是壓抑不住那股好奇，探頭望去。

◇

不是死人，也不是活人，躺在棺材之內的只是一個木像。

一個木雕的美人。

也就是龍飛日間所見，先前擺放在小樓之中，煙散後龍飛闖進去又不知所蹤的那個木美人。

——怎會又回到這副棺材之內？

龍飛若是在，少不免有此一問。

何三卻不知道那許多，他目光落在棺材之內，亦不禁面色一變。

燈光儘管黯淡，可是站得這麼接近，加上眼睛早已習慣這種環境，所以何三仍然看得出躺在棺材之內的不是一個真人。

頭髮眉毛眼睛嘴唇全都與肌膚同一色澤，真人又怎會這樣子？

他不覺移前一步。

——原來是一個木像。

木像又怎會發出聲音？

他正在奇怪，那個怪人的聲音忽然又響起來，呻吟著問道：「這裡是什麼地方呢？」

何三脫口應道：「義莊！」

這句話出口，他的面色又一變，整個身子都顫抖起來。

他聽得很清楚很清楚，聲音是由棺材之內傳上來。

棺材之內就只有那個木美人。

——莫不是妖怪？

那瞬間，木美人面色也好像變了，尖呼道：「不要將我放在這裡，不要——」

說話未盡，「隆」一聲，棺蓋已經落下！

尖呼聲，彷彿仍然在空氣中搖曳，恐怖而淒涼。

何三面色一變再變，由青轉白。

怪人放下棺蓋，緩緩的又回過身子，倏的舉步，一步跨前。

何三慌忙退後。

怪人第二步緊接跨出。

何三再退一步，啞聲道：「你究竟是什麼人？」

這完全就不像他本來的聲音，他非獨面色大變，連聲音也已變了。

怪人終於出聲，卻是「呱」的一聲怪叫，有如鴉啼，但比鴉啼最少難聽十倍。

在這種環境之下，更覺得恐怖。

何三從來都沒有聽過這樣恐怖的聲音，魂魄也幾乎給驚散了。

他的膽量其實並不大，否則也用不著每一夜都要喝二兩燒刀子，才能夠睡覺。

怪人腳步不停，竟是迫向何三。

——敢情要殺我滅口？

何三倉惶後退，冷不防腳下一滑，一跤摔倒地上！

他趕緊爬起身子，眼睛當然沒有離開過那怪人。

由下望上，他終於看見了怪人隱藏在笠帽下，那張佈滿鱗片，完全不像人臉的臉！

怪人即時咧嘴一笑。

這笑容，說有多恐怖就有多恐怖。

「妖怪！」何三驚叫一聲，一個身子裝了彈簧也似彈了起來，轉身就跑。

驚恐之下，連方向他都弄錯了，一步才跨出，「蓬」的便撞在一副棺材之上。

這一撞只撞得他昏頭昏腦，疼痛未已，稍後就感覺一冷！

他惶然回首，怪人正站在他的身後一尺不到之處，一隻怪手正貼著他脖子向前摸來，摸上他的臉頰。

濕膩膩的怪手，落在皮膚上也是濕膩膩的感覺，就像是一條蛇爬在肌膚上。

何三渾身立時都起了雞皮疙瘩。

怪人一張臉亦湊近來，嘴巴仍咧開，露出了上下兩排鋸齒一樣的牙齒。

一條鮮紅的舌頭同時從齒縫中吐出來，尖而長，霎時沾上了何三的臉頰。

何三心膽俱喪，驚呼未絕，雙眼翻白，當場昏迷過去！

一股腥臭的氣味從他的胯下散發出來，他整條褲子都已濕透。

也不知因為何三突然昏迷抑或那股臭氣味影響，怪人對何三好像完全失去興趣，連隨就將手鬆開。

何三貼著棺材邊倒了下去，腥臭的氣味更濃郁。

怪人沒有再理會，拉了拉頭上那頂白范陽遮塵笠帽，向堂外走去。

這一次他的腳步起落快了很多，身形動處，颯然生風。

陰風！

走過桌旁，放在桌上那盞油燈一晃熄滅。

義莊的大堂剎那被黑暗吞沒。

◇

夜更深，風更急。

不知何時，夜空中已多了一輪明月。

蒼白的月色之下，那個怪人走出了義莊。

馬車仍然在門外。

怪人縱身躍上了車座，拿起了馬鞭，「忽哨」一聲馬鞭落處，蹄聲得得，車聲轔轔，馬車繼續向前馳去！

◇◇◇

小路的兩旁長著不少樹木，披著月光，投下了一路斑駁樹影。

風吹樹搖，影動，有如群鬼亂舞，馬車從中駛過，有如駛在冥路之上。

越西道路越荒僻，也逐漸崎嶇起來，馬車已開始顛簸。

義莊再往西，就是何三，入夜之後也不敢走過去。

因為那邊才是真正的鬼世界。

◇◇◇

義莊向西半里是一個亂葬崗。

馬車停在亂葬崗之中。

遍地野草叢生，到處都是墳墓，過半沒有墓碑，墳頭上亦長滿野草。

月光如流水，涼如水，雨後的野草墓碑水濕未乾，冷然生輝，一種難言的陰森蘊斥著整個亂葬崗。

風吹草動，「悉索」聲響，偶爾幾聲蟲鳴，飄忽不定，益增陰森。

馬車甫停下，野草上就出現了幾隻螢火蟲。

碧綠的螢火蟲鬼火也似上下飛舞。

◇◇◇◇

草蟲淒愴，流螢耀光。

「忽哨」的一響，怪人手中的馬鞭突然揮出，一飛兩丈，捲在一塊墓碑之上。

一捲一收。

那塊墓碑「呼」地脫土飛出，飛上了半天，突然四分五裂，暴雨般打下！

一條黑影幾乎同時從墓碑後面草叢射出，橫越兩丈，竄入右邊另一墓碑後面。

「忽哨」又一響，怪人那條馬鞭凌空一轉一落，又捲住了黑影竄入的那一墓碑。

墓碑尚未飛起，那條黑影便已現身，凌空一翻，落在後面墳頭之上。

墓碑離土飛入半空，碎裂，落向那條黑影去。

「嗆啷」的即時一聲異響，寒光閃處，黑影的右手之中已然多了一把長刀。

一聲暴喝，刀光飛閃，落下的碎碑剎那被斬飛。

好快的出手。

那個怪人也不知是否驚於這種出手，馬鞭停留在半空，沒有再飛捲過去。

黑影也沒有衝過來，收刀橫胸，悍立在墳頭上。

月光下，那柄刀散發著一蓬迷濛的光芒，彷彿包裹在一重白霧之中。

那個人的身子亦彷彿有一重氣霧散發出來！

一隻螢火蟲悠悠飛至，才飛近那個人的身旁三尺，突然一頓，凌空飛墮。

殺氣。

只有殺人無數的刀，殺人如麻的人，才能夠發出這麼凌厲的殺氣。

◇◇◇◇

刀長三尺，形式古拙，刀脊筆直得如削。

刀主人一張臉亦刀削也似，目光比刀光還要凌厲，不是別人，正是司馬怒。

「快刀」司馬怒。

由斷腸坡開始，他一路追蹤龍飛，只等機會捨命再一搏。

龍飛雖然馬快，但他卻路熟，抄捷徑守候在那片楓林的出口，誰知道龍飛竟然是追著一輛馬車出來。

楓林中發生了什麼事情，他並不知道，在他的眼中，那輛馬車也只是一輛棺材車子，但看見龍飛追得那麼急，亦不禁奇怪起來，所以非獨沒有將龍飛截下，反而尾隨在後，一看究竟。

龍飛一心追上那輛馬車，並未發覺司馬怒的追蹤。

去。

司馬怒一直追入那幢莊院之內，不過乃是在龍飛進入之後一會，安置好坐騎才進去。

翻牆進去。

他綠林出身，年輕的時候，日走千戶，夜盜百家，偷入別人莊院，本來就是他的專長。

這種本領他雖然已經放下多年，但並未忘掉。

他本非善忘的人，即使是一個善忘的人，也不會忘掉經年累月積聚得來的經驗，訓練出來的本領。

失去了記憶，變成了白痴當然例外。

他沒有。

現在他身手的靈活敏捷比當年又何止高一倍！

他進入的地方是別人容易疏忽的地方，然後向有燈光透出來的那個院子走了過去！

到他壁虎般爬上那個院子的圍牆，貓叫聲已停，那個水月觀音正從竹林中走出來。

龍飛的偷窺，碎窗，白煙的湧出，鐵虎的闖進，都看在司馬怒眼中。

在龍飛、鐵虎進入那幢小樓之後，他忍不住亦滑下圍牆，竄到樓外。

兩人的說話他大都聽入耳裡。

他同樣奇怪得很！

因為他居高臨下，同樣沒有看見那個水月觀音離開那幢小樓。

哪裡去了，難道真的是化成了那股白煙飛升天外？

老婦出現的時候，他已經閃身藏在牆邊一叢花樹之後，原是想追那個老婦，問她幾件事。

其實也正是龍飛要問的那幾件事。

他當然只是想，並沒有追下去。

因為他知道，只要他身形一動，立即就會被龍飛察覺。

當時的環境實在太靜寂了，他輕功雖然高強，但周圍長滿野草，一任他身形如何矯捷，都絕對難於避免發出聲響。

以龍飛耳目的敏銳，在當時來說，無論怎樣輕微聲響，只怕都難免給他覺察。

他並非害怕龍飛察覺，只是他心中當時已無戰意，龍飛的心中他相信也一樣，雙方會面實在一些意思也沒有。

所以他一動也不動，而且盡量避免發出任何的聲響。

龍飛、鐵虎離開之後，他仍然伏在花叢的後面，一來避免龍飛兩人突然折返看見，二來在盤算下一步自己應該採取什麼行動。

最後他決定還是先進去那座小樓一看究竟。

正當他站起身子，還未走過去，小樓的門戶倏又開啟，那個車把式竟然從樓內閃出來，雙手抱著一個赤裸的木女人。

他幾乎失聲驚呼。

目送那個車把式走出了月洞門，他才貼著牆壁追過去。

追出了莊院之外。

他極盡小心，始終保持著相當距離。

那個車把式裝束的怪人也始終沒有察覺似的，抱著那個木美人，走在黑暗中。

那輛馬車就停在前面不遠山腳下的一個雜木林子之外。

將那個木美人放回棺材之內，怪人就驅車向西行。

司馬怒緊追在後面。

車行並不快，這正合司馬怒心意，他若是要騎馬才能夠跟上，必定會驚動那個怪人。

車到義莊，司馬怒追到義莊。

何三昏迷之際，他正「倒掛金鉤」，從屋簷上掛下，透過窗戶偷窺。

偷窺下來，更是如墮五里霧中。

然後他追到這個亂葬崗。

他已經完全不由自己。

事情非獨恐怖，而且詭異，他雖然並不認識紫竺，與事情全無關係，但他的好奇心，絕不比龍飛少。

——這個車把式到底是妖怪還是人？

——現在他到底要去什麼地方？

捨。

——這一切舉動到底有何目的？

儘管滿腔疑惑，司馬怒的行動仍然極盡小心，藉著荒墳野草墓碑掩護，尾隨不

他雖則有些緊張，身形並未受心情影響。

可是他終於還是被察覺。

◇

一次也許是巧合，接連兩次，就絕不會是巧合。

司馬怒知道已經被發現，索性現身出來。

一鞭捲飛墓碑，司馬怒自問也可以做到，但墓碑在半空碎裂擊下，卻在他的能力之外。

他拔刀盡將碎碑斬下，一隻右手竟有些發麻。

這若非魔術，對方內力的高強，顯然已到了摘葉飛花，傷人數丈，出神入化的地

步。

他卻又想不出這附近一帶有誰有這樣高強的內力。

丁鶴一劍勾魂，不出劍則已，出劍必殺人，蕭立三槍追命，丈八鐵槍之下亦從無活口。

這兩人都不是以內力見長。

除了這兩人，那附近難道還有什麼高手？

江湖中臥虎藏龍，這未必沒有可能，當然這也許真的是魔術。

——莫非這個車把式真的是什麼妖魔鬼怪？

司馬怒雖然驚訝，但並不退縮。

無論對方是人抑或是妖魔鬼怪他都準備一鬥了。

這在他來說，無疑是一種刺激。

強烈的刺激，前所未有的刺激。

荒墳野草，風吹蕭索。

司馬怒不動，那個怪人也不動。

就連拖車的兩匹馬那剎那也陷處完全靜止的狀態中。

還是司馬怒首先開口道：「朋友好武功！」

怪人不作聲。

司馬怒又問道：「高姓大名？」

怪人「咿」的一聲怪叫。

司馬怒給叫的心頭一凜，冷笑道：「以朋友的武功，根本就無須如此裝神扮鬼。」

怪人不答，反手掀下戴在頭上的那頂白范陽遮塵笠帽。

一頭散髮左右披下，那張遍佈蛇鱗的臉龐更顯得恐怖。

司馬怒雙目圓睜，盯在那個怪人的臉龐之上。

這是他第一次看見那個怪人的臉龐。

月光照耀下，他看得很清楚，一股寒氣立時由脊骨冒上來，不禁就連打了兩個寒噤。

他從未見過一張這樣恐怖的臉龐。

本來已經陰森的亂葬崗，彷彿也因為這張臉龐的出現，再添幾分陰森。

這時候，崗上的流螢也多起來，飛舞在荒墳野草之間。

螢火異常碧綠。

——到底這是螢火還是鬼火。

司馬怒不由自主回頭一瞥。

在他的身後，流螢無聲飛舞，墳頭的野草簌簌然搖擺，塚中的野鬼並沒有爬出來，卻好像已經開始蠢動。

他腳踏那個墳墓也好像在蠢動，墳頭搖擺的野草搔拂著他的雙腳，猶如一雙無形的鬼手。

那些野草並不是現在才搔拂他雙腳，他卻是現在才生出這股感覺。

這也是他第一次生出這種感覺。

他雙腳毛管不覺支支逆立，但雙腳仍然穩立墳頭之上，目光一轉即回，又轉回怪人那張怪臉上。

怪人倏的以笠作扇，輕輕搧動。

風勢竟彷彿漸急勁起來，亂葬崗的野草也彷彿搖擺得更厲害。

司馬怒心愈寒，正盤算應該採取什麼行動，突然發現馬車的周圍冒起了縷縷白煙。

——又是白煙？

司馬怒動念未已，縷縷白煙已迅速擴散，眨眼間就將那輛馬車包裹起來。

白煙由淡而漸濃，那輛馬車眼看就要消失在白煙之中。

司馬怒知道再不能等下去，一聲暴喝，身形離弦箭矢般射出，一射兩丈，連人帶刀斬向那個怪人。

那刹那，整輛馬車已經被裹在濃煙之內！

激烈的刀風立將濃煙攻開了一條空隙。

怪人已經不在車座上。

刀斬空，司馬怒落在車座上，一刀突然化成千刀，整個人都包在刀光之內，彷彿變成了一個刀球。

白煙被刀風激蕩得四下亂射，亂成一團！

煙更濃，剎那裹住了刀光。

也只是剎那，人刀都裹在白煙消失。

白煙擴散得非常迅速，整個亂葬崗迅速的被白煙吞噬！

碧綠的螢火也在白煙中隱沒。

司馬怒衝入這樣的一團白煙中，是不是太魯莽，太愚蠢？

白煙中驀地響起了撕心裂肺的一聲怒吼。

是司馬怒的聲音。

憤怒而夾雜恐懼。

強烈的恐懼。

白煙中到底發生了什麼事情，司馬怒到底遭遇了什麼意外？

只一聲。

亂葬崗又靜下來，寂死，但連隨被車馬聲劃破！

煙更濃！

夜風淒冷，白煙終於消散。

冷月中天，荒墳野草依舊，怪人與馬車卻都已不在。

司馬怒也不在。

車馬何去？司馬怒現在又怎樣？

# 七　詭變

雲散碧天長。

午前。

陽光絢爛，斜照在蕭家莊的大門上。

龍飛斜披著陽光站在門前。

蕭家莊的人縱然不能夠消解他心中所有的疑問，也必然消解其中部份，即使小部份。

所以他一定要走一趟。

門上的朱漆不少已經剝落，顯然很久沒有修飾，蕭立難道竟貧窮至此？

龍飛兩次敲門，都是沒有反應。

——這個莊院之內到底有多少人居住呢？

龍飛實在有些奇怪，正準備第三次敲門，那道門忽然在內打開，一個人探頭出來。赫然就是昨夜那個老婦。她一身灰布衣裳，陽光下那張臉龐當然就沒有昨夜燈光下那麼恐怖。

龍飛並不奇怪，一笑。

那個老婦卻是意外之極，一怔，道：「是你？」

龍飛笑應道：「老人家……」

老婦面色一沉，截口道：「你又來幹什麼？」

龍飛道：「這裡是蕭家莊？」

老婦瞪著龍飛，道：「是又怎樣？」

龍飛道：「未知蕭立蕭老前輩可在家嗎？」

老婦又是一怔，道：「你是來找我家主人？」

「正是。」

「你認識我家主人？」

「不認識。」

「那麼你……」

「未知老人家又是蕭家莊什麼人？」

「我是這裡的管家，你叫我白三娘好了。」

「豈敢。」龍飛始終一臉笑容，始終那麼客氣。

白三娘拉起的臉龐不覺鬆下來，眼前這個年輕人來得雖然是這樣突然，但無論怎樣看，都不怎樣討厭。

她警戒之心，卻並未因此鬆懈，上下打量著龍飛，道：「既然不認識我家主人，怎麼又走來找他？」

龍飛早已盤算好番說話，正準備回答，門內忽然響起洪鐘似的一個聲音：「是誰要找我？」

白三娘慌忙偏身讓開。

一個金衣老人標槍也似站立在白三娘身後七尺院子中的花徑上。

他的頭髮已經開始有些灰白，年紀即使沒有六十，相信亦很接近，可是一點兒老態也沒有。

他的身材魁梧手掌寬厚，熊腰，虎背，鷹鼻，獅口，眼似銅鈴，眉如漆刷，每一部份，比一般人都大一些，站立在那兒，簡直就像是一座鐵塔。

龍飛目光一落，連隨抱拳一揖：「可是蕭立蕭老前輩？」

金衣老人洪聲道：「正是蕭立。」

龍飛接道：「晚輩龍飛……」

蕭立截口道：「一劍九飛環的那個龍飛？」

龍飛頷首，道：「正是。」

蕭立上上下下打量了龍飛兩遍，突然大笑道：「好，英雄出少年，真個聞名不如見面，見面更勝聞名。」

龍飛欠身道：「前輩過獎了。」

「憑你今日的聲名，想不到竟還如此謙虛，怪不得江湖上的朋友一提到你，總是豎起大拇指，難得，難得！」蕭立大笑不絕，猛可一聲吆喝：「不交你這種朋友交哪種朋友？快請進來，喝杯水酒！」

連來意都未問就請進去喝酒，這個蕭立倒也豪爽得可以。

龍飛雖然有些意外，反而放下心來。因為豪爽的人通常都是比較容易說話的。

龍飛連隨應聲：「恭敬不如從命。」隨即舉步跨進去。

那個白三娘在一旁乾瞪眼，卻沒有攔阻，待龍飛進來，又將門關上。

蕭立即時吩咐道：「三娘，你快去給我們拿酒來，下酒的東西也莫要少了。」

白三娘應聲正想退下，蕭立又叫道：「且慢！」

「老爺還有什麼吩咐？」

「你經過玉郎的房間，叫他來大廳見我。」

「大少爺不在家。」

「哪裡去了？」

「這我可不知道，昨天他已經不在的了，今早我走遍莊院，都找他不著，到現在仍然未見他回來。」

「小畜牲什麼時候學得這樣大膽，去哪裡也不留句話。」

「老爺找他有什麼事情？」

「就是要小畜牲一會這位龍英雄，讓他看看人家如何出息，他又如何沒用。」

白三娘垂下頭，不敢作聲。

龍飛聽在耳裡，不禁有些詫異。

兒子是小畜牲，老子豈非是老畜牲？

以蕭立的豪爽，應該就不會來這種謙虛，罵出那種話，對兒子必然就不大滿意。

蕭玉郎精於雕刻，有「魔手」之稱，何以說沒用？

蕭立連隨擺手，道：「既然不在，算了。」

語聲一頓，回顧龍飛，道：「請！」當先轉身走向那邊大堂。

龍飛亦步亦趨。

◇

前院並沒有後院那麼荒涼，最低限度，並沒有長滿野草，但兩旁的花木，顯然都已經很久沒有修剪。

牆壁的白堊很多剝落，欄干支柱的朱漆也是。

這個蕭家莊，蕭條得就像是一張褪色的扇面。

儘管這樣，仍然可以看得出規模絕不稍遜於隔壁的丁家莊。

大堂名符其實是一個大堂，四壁卻一片空白，並不像丁家莊的大堂那樣，滿掛著書畫。

看來這個蕭立還是一個粗人。

不過這比起附庸風雅，不懂強裝懂的那種人卻是好得多了。

對門的那面照壁之前，放著一道奇高的屏風，後面白煙繚繞。

一股既不濃，又不淡的檀香氣味充滿了整個廳堂。

屏風的後面到底放著什麼東西？

龍飛目光一落，不由自主的生出這個念頭。

素白的屏風之上，並沒有畫著什麼，只見一片空白，主要的作用，似乎就在於將後面的東西屏起來。

蕭立就招呼龍飛在這道屏風前面的那張八仙桌旁邊坐下。

龍飛雖然很想繞到屏風後面一看究竟，結果還是坐在那裡。

他沒有忘記這是別人的地方。

在未得蕭立同意之前，他又豈能夠到處窺望？

蕭立隨即道：「你是從丁鶴那兒來的吧？」

龍飛頷首未答。蕭立又問道：「丁鶴可好？」

「很好。」

「紫竺呢？」

「我還沒有見到她。」

「不在家？」

「聽說午後才回來。」

「你們的佳期相信很近了？」

龍飛實在想不到蕭立竟然有此一問，怔住在當場。

蕭立看在眼內，笑笑道：「不用瞞我，你們的婚事我早已知道。」

龍飛道：「哦？」

蕭立笑接道：「為了你們的婚事，玉郎那個小畜牲還難過好一段日子。」

龍飛道：「哦？」

蕭立道：「他難過也是自討苦吃，這要怪，只能怪自己。」

一頓又說道：「雖然是自己兒子，我這個父親還是要這樣說。」

龍飛道：「聽說玉郎兄精於雕刻，一雙手出神入化，有『魔手』之稱。」

蕭立道：「確實是如此。」

龍飛道：「晚輩在雕刻這方面卻是門外漢。」

蕭立道：「這種雕蟲小技要學固然容易，要精也不難。」

龍飛道：「無論如何，玉郎兄總算是有一技之長。」

蕭立道：「而且附近好幾間廟宇都重金禮聘他雕刻佛像。」

語聲條的一沉，道：「只可惜我的追命三槍，他卻連半槍也練不好。」

龍飛奇怪道：「玉郎兄一雙手既然是那麼靈活，怎會練不好？」

蕭立搖頭道：「小畜牲生性柔弱，自幼不喜習武，強迫也強迫不來，卻是無可奈何的事情。」

龍飛道：「原來如此。」

蕭立道：「紫竺難道就沒有跟你提過他？」

龍飛道：「從來也沒有。」

蕭立笑笑頷首，道：「由此可知，紫竺根本就沒有將他放在心上。」

龍飛笑笑不語。

蕭立接著道：「他們是青梅竹馬長大的。」

龍飛道：「嗯。」

「不過感情這種東西非常奇怪，不喜歡就是不喜歡。」蕭立好像有些感慨。「日久未必就會生情。」

龍飛不覺點頭。

蕭立又道：「我這個人雖然魯莽，看人卻是很少走眼，早在多年前我便已看出紫竺是絕對不會喜歡玉郎那種柔弱如女人，全無丈夫氣概的男人的了，所以當他提出要娶紫竺的時候，也實在令我煩惱過一陣子。」

龍飛道：「為什麼？」

蕭立道：「你知道的了，丁鶴跟我是老朋友，憑我們的交情，要撮合這頭親事應該絕對不成問題，但是要兩個性情格格不入的人勉強生活在一起，我個人卻是最最反對的。」

龍飛連連點頭，對蕭立又平添三分好感，這並非因為蕭立沒有讓兒子娶紫竺，完全是因為蕭立對這件事情採取的態度。

能夠有蕭立那種思想的人在當時來說確實不多。

蕭立繼續說道：「亦所以，我只是閒談間略略提過一次，甚至沒有問丁鶴有什麼意見。」

龍飛說道：「可是，那總要有一個交代。」

蕭立道：「我雖然不忍心勉強紫竺嫁給那個小畜牲，同樣也不忍心看見他幾日茶飯不思，到底是自己兒子，現在你明白我是煩惱什麼了？」

龍飛道：「那……」

「那麼怎樣辦？」蕭立截口說道：「正當我大感煩惱之際，事情忽然又有了變化。」

龍飛急問道：「是什麼變化？」

「他母親，也即是我老婆極力反對這件事。」

「哦？」

「大概她亦發現，玉郎與紫竺的性情格格不入，不適宜結為夫婦。」蕭立一頓才接道：「也許是另有原因亦未可知，但難得她來反對，省得我煩惱，我也就懶得過問。」

「後來……」

「也沒有再問她。」蕭立又打了兩個哈哈，壓低嗓子道：「你也許不知道，我的武功雖然很不錯，樣子也長得夠凶惡，可是在老婆面前，就連話也不敢多說一句。」

龍飛不禁莞爾。

蕭立嘆了一氣，接道：「見到她，我簡直就像是兔子見到老虎一樣，只有發抖的分兒。」

龍飛實在想不到蕭立怕老婆竟然怕到這個地步。

那位蕭夫人到底是怎樣子的一個人？

龍飛不由想起「母大蟲」顧大嫂。

顧大嫂乃是武林中有名的三條母老虎之一，非獨性情凶悍潑辣如老虎，甚至聲音容貌亦是老虎也似。

不成那位蕭夫人就是顧大嫂那一般模樣？

蕭立好像知道龍飛在想什麼，笑接道：「但你若是以為她真的跟老虎一般，可就大錯特錯了。」

龍飛道：「哦？」

蕭立道：「她年輕的時候是這附近出名的美人，便老了，也比一般的老女人好看好幾倍。」

龍飛道：「哦？」

蕭立道：「一個男人之所以怕老婆未必是因為老婆脾氣暴躁，容貌醜惡，所謂怕，其實是愛的一種表現，如果他不愛老婆，根本不會怕老婆。」

龍飛亦想不到蕭立居然還有這種論調，笑應道：「這也有道理。」

蕭立笑顧道：「你現在或者仍在懷疑，但相信很快的，你就會知道到底是不是。」

龍飛無言頷首。

蕭立連隨轉回話題，道：「如果只是他母親一人反對，事情未必全無轉機，但連我都不贊成，所以也就不了了之。」

龍飛道：「哦？」

蕭立道：「否則他又怎會廢寢忘食，日以繼夜的去雕刻紫竺的木像？」

紫竺的木像！

龍飛心頭一動。

——莫非就是那個木像？

蕭立搖頭接嘆道：「這孩子也未免太癡了。」

龍飛亦不禁一聲微喟。

「這方面他母親倒沒有加以阻止。」蕭立雙手一攤。「事情始末也就是這樣，現在你總該明白吧，也總該放心了。」

龍飛道：「我……」

蕭立道：「你大概最近從什麼人口中得知這件事情，所以走來找玉郎一問究竟，年輕人到底是年輕人，想當年，我做事又何嘗不是你這樣單刀直入，直截了當，不喜歡拖泥帶水。」

龍飛繼續搖頭。

蕭立笑接道：「今天你來得雖然不是時候，恰巧玉郎不在家，但你與我說亦是一樣，他能告訴你的，相信不比我為多，再說他現在已經心灰意冷，便是見上面，只怕也不願與你多說什麼。」

龍飛好不容易等到蕭立住口，苦笑道：「前輩誤會了。」

蕭立一怔道：「誤會？誤會什麼？」

龍飛道：「晚輩這一次到來，是另有原因，即使前輩與玉郎兄都不在家，只要是住在這個莊院的人，晚輩都準備請教一下的了。」

蕭立大奇道：「到底是什麼事？」

龍飛道：「這要從昨天說起……」

話說到一半，堂外人影閃處，白三娘已捧著盤子走進來。

盤子上放著一壺酒，兩樣小點，兩只酒杯。

蕭立目光一轉，說道：「喝杯水酒再說。」

龍飛點頭。

蕭立等白三娘將盤子放下，揮手道：「沒你的事。」

白三娘冷冷的瞟了龍飛一眼，應聲退下。

蕭立連隨拿起酒壺，親自替龍飛斟了一杯酒。

滿滿一杯，甚至溢出杯外。

莫非這個人就是這樣的粗心大意？

◇

不是水酒，是醇酒，陳年美酒。

龍飛只嗅酒香便已經知道，卻沒有細意品嚐。

今天他並非為了喝酒到來。

他只是淺淺的呷了一口，便將酒杯放下，那麼滿的一杯酒在他手中，竟然沒有再外溢。

蕭立亦是替自己斟下了滿滿的一杯，卻倒水一樣倒進嘴巴，一口喝乾。

這杯酒喝下，他的眼瞳最少光亮了一倍，誰也看得出他意猶未盡，還想再喝。

也就在這個時候，龍飛開始說出他昨天的怪異遭遇。

蕭立無可奈何的放下酒杯。

◇

龍飛的口才並不怎樣好，也沒有加以修飾，只是平鋪直敘的將昨天的遭遇說出來。

蕭立卻已經聽得呆住。事情實在太詭異。

蕭立的驚訝似乎並非完全因為事情的詭異，聽到那個水月觀音在竹林之外出現，他的面色就明顯的起了變化，越變越難看。

可是他始終沒有打斷龍飛的話。

龍飛的目光也始終沒有離開過蕭立的臉龐，所以都看在眼內，不過仍耐著性子說下去。

等到他將話說完，蕭立的面色已蒼白如紙。

## 八　蜥蜴魂

風從堂外吹進，兩片落葉在狂風中飛舞。舞入了堂中。

風雖急，但不冷，蕭立給這陣風一吹，竟然打了一個冷顫，即時道：「你說的都是事實？」

就連他雄壯的聲音現在也變得低沉而沙啞。

龍飛斬釘截鐵的道：「都是。」

蕭立又問道：「那個女人是作水月觀音的裝束？」

龍飛道：「一點也不錯。」

蕭立再問道：「後來出現的那個男人叫那個女人做仙君？」

龍飛頷首道：「嗯！」

蕭立突然站起身子，斜裡一個箭步標到那面屏風之前，探手一拉。

「拍拍拍」三聲，那面屏風迅速摺合在一起，在屏風後面的東西就呈現在龍飛眼前。

龍飛目光一落，當場怔住在那裡。

照壁的前面赫然放著一尊觀世音的雕像。

這尊觀音手捧蓮花，悠然作觀水月之狀。

——水月觀音！

◇

像高一丈，檀木刻成，栩栩如生。

龍飛雙目圓睜，一瞬也不瞬地盯著這尊水月觀音的臉龐。

這尊水月觀音的臉龐赫然與他昨夜所見的那個水月觀音完全一樣。

花一朵，葉兩片，就連手捧那支蓮花也一樣。

這尊水月觀音立在一朵亦是檀木刻成的蓮花之上。

在它的前面，放著一張供桌，而在桌上除了香爐燭台之外，還有一座小小的銅鼎。

白煙繚繞，銅鼎中正燒著檀香。

蕭立連隨手指著這尊水月觀音，顫聲道：「你昨夜見到的那個水月觀音是不是這個樣子？」

龍飛沉聲說道：「裝束相貌都完全一樣。」

「果然。」蕭立連手都顫抖起來。

龍飛道：「果然？」眼瞳中疑惑之色更濃。

——蕭立到底為什麼如此恐懼？

——那個水月觀音到底是蕭立的什麼人？

蕭立卻沉默了下去，沒有再作聲。

龍飛等了一會，忍不住問道：「這尊水月觀音是否出自玉郎兄手下？」

蕭立道：「除了他，還有誰能夠雕刻出這尊水月觀音！」

龍飛道：「這是說，玉郎兄的雕刻技術是天下無雙了。」

蕭立搖搖頭道：「我說的並非是雕刻技術。」

龍飛試探道：「那是說相貌？」

蕭立點頭。

龍飛道：「這尊水月觀音的相貌莫非很像某人？」

蕭立道：「這不是很像，而是完全一樣。」

龍飛一怔道：「哦？」

蕭立點頭道：「她姓白，白仙君！」

龍飛道：「那麼她……」

蕭立截口道：「已死了三年！」

「什麼？」龍飛大驚失色！

蕭立面色蒼白，顫聲道：「她是病死的，死後七天才下葬，蓋棺之前，我還見過她的臉，由那個時候到棺材下葬為止，並沒有離開過棺材半步！」

龍飛目定口呆。

蕭立接著說道：「如果不相信，可以問白三娘，甚至我可以帶你去一見她的墳墓。」

龍飛沉吟著說道：「那麼說，我昨夜是……」

蕭立啞聲道：「只怕……只怕是見了鬼。」

龍飛不由得苦笑。

蕭立亦苦笑，道：「你不相信鬼的存在？」

龍飛道：「不相信。」

蕭立道：「但是也不敢完全否定？」

龍飛點頭。

蕭立道：「正如我。」

他嘆了一口氣，道：「可是你說的這件事情又如何解釋？」

龍飛只有苦笑。

現在他總算明白昨夜白三娘為什麼那樣恐懼。

——難道我昨夜真的見鬼？

他不覺又抬頭望去，這一望，脫口就一聲：「看！」

蕭立冷不防嚇了一跳，慌忙再抬頭望去，一望之下，亦失聲驚呼道：「血！」

為什麼？

血又在什麼地方？

◇◇◇◇

血在水月觀音的嘴角流下。

是否真的是血？

木像的嘴巴何以竟有血流出來？

龍飛驚訝未已，又發覺觀音的嘴巴，似乎在輕輕的震動。

他只怕自己眼花，聚精會神再望去。

真的在震動。

「噗！」突然一聲異響，觀音的嘴巴裂開，裂出了一個洞，木屑簌簌落下。

一樣黑黝黝的東西旋即在洞中爬出來，爬上了觀音的臉龐。

是一條蜥蜴。

——黑蜥蜴！

◇◇◇◇

龍飛剎那之間最少打了七個寒噤，蕭立更是面無人色。

那條黑蜥蜴的腳爪染滿血，爬過的地方，繼續留下了血痕，但牠的行動卻是非常靈活，顯然並沒有受傷。

嘴巴裂出了一個洞，那個水月觀音的相貌已經大受影響，再加上那條黑蜥蜴，還有那條黑蜥蜴腳爪所留下的血痕，美麗的容顏就變得醜惡起來了。

醜惡而妖異。

在這個水月觀音的臉龐之上一折，那條黑蜥蜴就往下爬，由脖子爬下，順著臂彎一轉，又變回上爬。

牠爬過觀音的手指，爬上了觀音手捧的那支蓮花，才停止爬行，血紅的舌頭開始不住伸縮，一雙小眼睛彷彿在瞪著龍飛和蕭立二人，無聲的散發著一種難言的邪惡。

蕭立也在瞪著牠，驀地一聲怪叫，拔起了身子，凌空一袖拂去！

那條黑蜥蜴似有所覺，正要往下縮，但已經來不及，颯然被拂落在地上。

蕭立那剎那亦已落地，反手抄起了旁邊一張椅子，用力砸下。

「砰」一聲，磚裂椅碎，那條黑蜥蜴亦被砸成肉漿，半截尾巴卻脫落一旁，仍然在跳動。

蕭立連隨立即一腳踩在那截蜥蜴尾巴之上。

看他一副咬牙切齒的表情，那條蜥蜴與他彷彿就是有深仇大恨一樣。

龍飛驚訝之極，忍不住問道：「是誰將那條蜥蜴放在觀音的嘴巴之內？」

蕭立緩緩的轉過頭來。

一照面，龍飛更驚訝。

蕭立的面容實在太難看了，非獨是臉色蒼白，幾乎每一寸的肌肉都在顫動。

他雖然沒有說過一聲恐懼，但一種強烈的恐懼顯然已佔據他的整個身心。

無論誰現在看見他，相信都可以發覺那種恐懼的存在。

——是什麼令他這樣恐懼？是不是那條蜥蜴？

——那條蜥蜴的出現是不是暗示有什麼恐怖的事情將要發生？

龍飛一腹的疑團，正想要問，蕭立已顫聲應道：「不是人為，是蜥蜴作怪。」

龍飛詫異的道：「蜥蜴作怪？」

蕭立一字字地道：「黑蜥蜴！」

龍飛不明白。

蕭立知道龍飛不明白，嘆息道：「這件事實在太無稽，太難以令人置信。」

龍飛道：「前輩能否說詳細一些？」

蕭立苦笑搖頭道：「本來我也不相信有這種事情，但現在只怕不由我了！」

龍飛方待追問，蕭立話已經接上，道：「仙君的木像無故流血，黑蜥蜴出現，難道就暗示，大禍即將要降臨？」

他一面說一面回頭雙眼直勾勾的瞪著那尊水月觀音，語聲神態越來越激動，突然嘶聲叫道：「好，只管來，蕭某人大半生闖蕩江湖，頂天立地，總不成就怕了一條蜥蜴。」

龍飛只聽得怔在那裡！

蕭立旋即狂笑起來。

——這個人的腦袋莫非有些問題？

龍飛不由生出了這個念頭。

狂笑聲很快落下，蕭立霍地回顧龍飛道：「我實在不該請你進來喝酒。」

龍飛為之愕然。

蕭立接著解釋道：「這並非我請不起，也並非吝嗇，乃是這幢莊院充滿了邪惡災禍，你進來，只怕邪惡災禍亦會降臨到你身上。」

龍飛淡淡一笑，道：「生死有命，前輩又何須替晚輩擔心？」

蕭立擊掌道：「好漢子！」

龍飛連隨追問道：「這幢莊院何以充滿了邪惡災禍？」

蕭立沉吟片刻，道：「說來話長。」

龍飛微一欠身，說道：「晚輩洗耳恭聽。」

蕭立繞著桌子緩步走了一圈，在龍飛旁邊的一張椅子坐下，尚未打開話匣子，那個白三娘就神色倉皇的從堂外奔進來。

龍飛、蕭立聽得腳步聲，一齊轉頭望去，蕭立目光及處，輕叱道：「三娘何事如此慌張？」

白三娘一收腳步，喘著氣，道：「門外有人送來了一副棺材。」

蕭立大驚而起，道：「棺材？」

白三娘點頭道：「他聲言要交給老爺的。」

蕭立急問道：「他是誰？」

白三娘道：「住在鎮西的二愣子。」

蕭立道：「是不是那個傻頭傻腦的矮胖子？」

白三娘道：「就是他了！」

蕭立皺眉道：「那個小子又在發什麼神經？」

白三娘道：「他說是別人給他錢，叫他送來這裡！」

蕭立「哦」一聲。

白三娘接道：「那副棺材的底下好像有血流出來。」

「血？」蕭立本來已經平靜的面色又再一變。

龍飛脫口道：「我們快出去瞧瞧。」

這句話才說到一半，蕭立已放步奔出去，龍飛自然緊跟在後面。

他們才走出了大堂，就看見一個矮胖子，雙手抓著一副棺材，半拖半托的走進來。

那個矮胖子四肢粗短，五官好像都攢在一起，樣子很滑稽，而且還堆著一股傻笑。

他一頭汗落淋漓，已累得不住喘氣，但仍然搬得動那副棺材，氣力看來倒也不小！

蕭立、龍飛來到他身旁，他仍無所覺，一直到蕭立一聲輕叱：「二愣子！」

「在這裡！」二愣子應了一聲，方才停下來，東張西望道：「誰叫我？」

蕭立道：「我！」

二愣子這時候才知道他的人在哪裡，望著蕭立傻笑道：「原來是這位大爺，不知道有什麼叫我做？」

蕭立瞪著二愣子，道：「是誰叫你將棺材送來？」

二愣子恍然大悟的道：「這位一定就是蕭立老爺了？」

蕭立再問道：「是誰叫你這樣做？」

二愣子道：「我也不知他是誰。」

蕭立道：「你到底在哪裡遇上他？」

二愣子道：「在家裡！」

蕭立道：「你家裡？」

二愣子道：「是啊！」

蕭立道：「那麼他又在哪裡將棺材給你？」

二愣子道：「在我睡覺的時候！」

蕭立道：「那是昨夜的事情？」

二愣子道：「大概是吧，我給他叫起身的時候，天還沒有亮。」

蕭立道：「除了叫你將棺材送來這裡之外，他還有什麼話？」

二愣子想也不想一下，就道：「沒有了！」

蕭立轉問他道：「他是怎樣子的一個人？」

二愣子道：「我怎知道？」

蕭立道：「怎麼你會不知道？」

二愣子道：「他頭上戴著笠帽，我家裡的燈又沒有點上……」

蕭立截口道：「那麼你怎知道他頭上戴著笠帽？」

二愣子道：「窗外有月光啊！」

蕭立扳起臉龐道：「連他是什麼人你都不知道，就答應替他做事？」

二愣子搖搖頭，說道：「你不知道。」

蕭立問道：「不知道什麼？」

二愣子傻笑道：「他給我錢。」

蕭立道：「是多少？」

二愣子舉起右手，伸出兩隻手指，道：「二兩銀子！」

蕭立道：「銀子呢？」

二愣子道：「我放在袋子裡。」

蕭立道：「拿給我看看。」

二愣子一面解下繫在腰帶上的一個布袋，一面正色的說道：「我是從來不說謊。」

蕭立道：「你是否說謊，瞞不過我的眼睛。」

二愣子驚奇的道：「你眼睛怎麼能夠看得出我是否說謊？」

蕭立沒有回答。

二愣子連伸手入布袋，掏了一會，驚叫道：「銀子哪裡去了？」

蕭立冷笑道：「你記清楚銀子是放在布袋之內？」

二愣子急道：「我親手放的，怎會不記得？」仍然使勁的掏。

那個布袋也快要被他掏穿了。

蕭立皺眉問他道：「會不會給別人拿去？」

二愣子道：「我這個布袋誰也不給碰的！」

蕭立道：「也許丟失了？」

二愣子用力搖頭，道：「不會丟失的了。」

他著急起來，雙手把布袋一轉，袋口朝下，將裡面的東西往地上倒。

那個布袋，載的東西倒不少，有玩的，有吃的，竟然還有兩張紙錢。

燒給死人用的紙錢？

龍飛、蕭立一眼瞥見，不約而同面色一變。

二愣子卻沒有理會，將整個布袋都反轉過來，看清楚，真的是什麼也沒有，才蹲下身子，在倒在地下那堆東西之中找尋起來。

他找得非常仔細。

根本就沒有銀子，可是二愣子仍然反覆找尋。

蕭立看在眼內，搖頭一聲嘆息。

也就在這個時候，二愣子抓住了其中一張紙錢，上下一看，奇怪道：「是什麼東西，怎麼走進了我的布袋？」

蕭立突然道：「這不是從你那個布袋倒出來的？」

二愣子道：「那是你們的了？」趕緊放手。

蕭立道：「是風吹來的！」

話口未完，一陣風吹過，將那兩張紙錢吹走了。

二愣子一見之下傻笑道：「真的是風吹來的。」

蕭立不由直搖頭。

二愣子傻笑了一會，才想起銀子的事，嘟喃道：「一定是丟在路上。」

他連隨爬轉身子，顯然就要一路找回去！

蕭立即時叫住二愣子，道：「他給你的是不是二錠銀子？」

二愣子用力點頭，道：「是二錠，一錠就是一兩。」

蕭立望著他道：「你怎知道一錠就是一兩？」

二愣子道：「是他告訴我的！」

蕭立迅速從懷中掏出了一把銀子，道：「你看看在不在這裡？」

二愣子慌忙爬起身來，走到蕭立身旁，瞪著眼，仔細看了好一會，道：「怎麼你有四錠銀子跟我那兩錠完全一樣？」

蕭立拿起其中四錠道：「是不是這四錠？」

二愣子連連點頭。

蕭立道：「那麼，有兩錠是你的。」

二愣子奇怪地問道：「你在哪裡找到的？」

蕭立道：「在地上，大概是你搬棺材的時候一個不小心，倒轉了布袋，跌出來的。」

二愣子摸著腦袋，道：「我想一定是了。」

蕭立道：「還給你。」將兩錠銀子塞進二愣子的手裡。

二愣子忙抓穩。

蕭立接著吩咐道：「小心放好，不要再丟掉。」

二愣子不住點頭，道：「不會再丟掉了！」

他趕緊拾起那個布袋，小心翼翼的將兩錠銀子放進去，搖了搖，捏了捏，確定了，才將其他東西放進去。

然後他將那個布袋放入懷裡，拍了拍，傻傻的一笑道：「這樣還不成？」

蕭立微喟道：「你現在可以離開這裡了。」

二愣子這才想起那副棺材，道：「我替你們搬進去裡面……」

蕭立截口道：「就放在這裡。」

二愣子道：「那麼我得走了。」

蕭立把手一揮，對他說道：「路上小心。」

二愣子手按懷裡的布袋，道：「我知道小心了，如果老爺要人用，只管叫我二愣子。」

蕭立道：「要人用的時候我才去叫你來。」

二愣子趴在地上，叩了一個頭，才起身離開。

蕭立目送二愣子出了莊門，側顧龍飛道：「你可知道我為什麼那樣做？」

龍飛頷首道：「你不想嚇著那個二愣子？」

蕭立道：「像他那種人是嚇不得的，一嚇很容易就會鬧出人命！」

龍飛道：「會這麼嚴重？」

蕭立道：「年前曾經有一個無賴尋他開心，故意扮鬼嚇他，結果幾乎將他活活嚇死。」

他一聲嘆息，接道：「現在若是告訴他，那兩張是鬼用的紙錢，是從他那個布袋內倒出來，昨夜找他的不是人，是鬼，只怕不難就將他嚇死當場。」

龍飛道：「他怎會變成這樣？」

蕭立道：「以我所知，他生下來就已是這樣！」

龍飛道：「哦？」

蕭立道：「你是否有些懷疑，我為什麼特別留意這個人？」

龍飛道：「為什麼？」

蕭立道：「因為我最疼的第二個兒子也是一個白痴！」

龍飛一怔。

蕭立沉痛的接道：「我只有兩個兒子，一個柔弱如女子，埋頭於雕刻，不喜歡學武。另一個，我只希望能夠練成我的追命三槍，哪知道卻是一個白痴。」

龍飛暗嘆一聲，岔開話題，道：「前輩方才那麼說，莫非已肯定那兩張紙錢，乃是兩錠銀子所化的？」

蕭立搖頭道：「這種事有誰能夠肯定呢？」

一頓又說道：「不過你我都看到的了，那兩張紙錢確實是從二愣子的布袋中倒出來。」

龍飛道：「二愣子應該不會跟我們開這種玩笑。」

蕭立道：「我看來，這種人也藏不住話。」

龍飛說道：「然則他昨夜是真的見鬼了。」

蕭立道：「就像你。」

龍飛道：「其中只怕另有蹊蹺。」

蕭立道：「即使真的是鬼神所為，也一定有他們的目的。」

龍飛嘟喃道：「他們的目的何在？」

蕭立目光落在棺材上。

嶄新的棺材，黑漆發亮，棺底的接口果然有血外滲。

血色鮮明，似乎尚未完全凝結。

棺材之內到底是載著什麼？

# 九　妖血

秋風滿院。

本來明朗的天色不知何時已變得陰暗起來。

龍飛突然發覺，抬頭望去。

太陽已經隱沒在一團烏雲之中。

那團烏雲就像是一對魔手，突然將太陽捧走。

蕭立也就在這個時候將棺蓋打開。

棺蓋用鐵釘釘上，卻只是兩枚鐵釘，蕭立連釘帶蓋「喀勒」一下揭起來。

這在他來說，當然是輕而易舉的一回事。

棺蓋一打開，非獨蕭立面色慘變，就連龍飛也變了面色。

躺在棺材的，赫然就是龍飛昨夜見到的那個水月觀音，也即是蕭立那個已死了三年的妻子仙君！

昨夜她在竹林中出現，在白煙中消失，現在卻竟然出現在這副棺材內。

她靜靜的躺在那裡，閉著眼睛，神態安詳，面色卻有如白堊，完全不像是活人所有。

她本來就是一個死人。

但她卻已經死了三年！

一個死了三年，埋在地下三年的人，縱然未必化白骨，肌肉也早已應該腐爛得不成人形。

這到底是神？是鬼？還是人？

「仙君」，蕭立一聲驚呼，棺蓋脫手「蓬」然墮地。

龍飛渾身的毛管亦不禁支支倒豎。

水月觀音的手中仍然捧著那支蓮花，上面沾著不少血。

她那襲白衣亦有鮮血斑駁，左腦迸裂，肌肉綻開，肋骨外露，三根斷折，那顆心正穿在其中一根肋骨之上！

這分明就是被一樣利器穿衣破肉斷骨插入，將那顆心抓出來。

龍飛不由省起那個怪人的一雙遍生蛇鱗，指甲尖長銳利的怪手。

——是不是那雙怪手將水月觀音這顆心抓出來？

血肉鮮嫩，血腥味雖然濃，但未至於發臭。

一個人死去三年，血肉又豈會這個樣子？

龍飛動念未已，蕭立已經俯身一手從那個水月觀音的頸下穿過，將她從棺材內扶起來。

白三娘一直在旁聽著，看著，已嚇得面無人色，一個身子簌簌的在不停發抖，這時候還是忍不住脫口叫出來：「夫人，老身給你叩頭，求你念在我跟了你幾十年，不要再這樣嚇我了！」

她叫著跪下來，不住叩頭。

蕭立亦嘶聲道：「仙君，仙君，你到底想怎樣，只管說出來，何苦這樣啊！」

一面叫，他一面捧著那個水月觀音的臉龐搖動起來。

龍飛在一旁看著，聽著，一個身子亦不由自主顫抖起來。

也就在這個時候，更恐怖的事情發生了！

那個水月觀音的臉龐給蕭立搖幾下，「簌簌」的竟然四分五裂，一片片脫落。

這就像牆壁上的白堊因為震動而脫落一樣。

白堊一樣的這張臉的後面，好像還有一張臉！

蕭立也發覺了，慌忙停了手。

龍飛不由自主俯下半身，伸手拂去，蕭立連隨亦插手揑了起來。

白三娘聽得怪叫，也停住叩頭，爬起身來，一瞥之下，目定口呆。

水月觀音那張臉龐竟被龍飛、蕭立一一拂下，揭下！

臉龐之後果然另有臉龐！

一張男人的臉龐！

這張臉龐俊美如女人，若非嘴唇與頷下隱現鬍子，那就穿著這一身衣衫，很容易就被人誤當做女子。

一見這張臉龐，蕭立也自口呆目定，這張臉龐在他，顯然亦是熟悉得很。

龍飛卻陌生。

——這是誰？

蕭立驀地撕心裂肺的怪叫一聲：「玉郎！」

白三娘即時亦自驚叫道：「大少爺！大少爺，幹什麼你這樣做？」

龍飛聽得很清楚，忍不住問道：「他莫非就是……」

蕭立道：「他就是玉郎！」

龍飛嘟喃道：「這到底是怎麼一回事呢？」

蕭立道：「我也不知道小畜牲在攪什麼鬼，竟然打扮成他母親那樣子！」

龍飛道：「那麼我昨夜看見的只怕是他了。」

蕭立道：「是也未可知。」

龍飛道：「但既是人，昨夜又如何消失？」

蕭立苦笑道：「你怎麼問我？」

龍飛道：「有一件事情，前輩一定會知道。」

蕭立道：「你是否指他們母子都作水月觀音打扮這件事情？」

龍飛道：「正是。」

蕭立道：「他母親自小就喜歡水月觀音那種裝束，在生的時候，總是喜歡作水月觀音打扮，當然並非時常手捧蓮花，但碰著高興的時候，就會折支蓮花，捧在手裡，作觀水月之狀。」

龍飛道：「如此怪不得玉郎兄的那尊木像也雕刻成水月觀音的模樣了。」

蕭立道：「至於小畜牲為什麼也作水月觀音打扮，就要問小畜牲了。」

龍飛啞聲問道：「只怕他乃是身不由己。」

蕭立聳然道：「你是說他乃是被鬼迷？遭魔祟？」

龍飛不敢說是，也不敢說不是，他雖然從來都不相信有所謂鬼迷魔祟這種事情，但經過這連番奇奇怪怪的遭遇，信心已經在動搖了。

白三娘即時誦起佛號來。

「喃嘸阿彌陀佛——」

蒼涼的佛號有如鐵鎚一般一下一下撞擊在龍飛、蕭立的心頭上。

一聲佛號未已，蕭玉郎蒼白的嘴唇就顫動起來。

龍飛一眼瞥見，怪叫道：「你看他的嘴唇！」

這完全就不像是他的聲音。

蕭立也看見了，叱道：「玉郎！你有話只管說，有爹爹在此，不用怕，說！」

蕭玉郎的嘴巴似張未張，突然伸出了一截尖小而細長，黑黝黝的東西，正沾在蕭立那隻托著蕭玉郎下頷的左手之上，一縮而回。

蕭立那剎那一連最少打了九個冷顫，一聲怪叫，捏開了蕭玉郎的嘴巴。

一口血立時從玉郎的嘴巴湧出來。

血尚未淌下，一條蜥蜴竟然自嘴巴內竄出，落在蕭立左手手背之上！

黑蜥蜴！

蕭立驚呼，甩手，那條蜥蜴給摔在地上，正要逃走，一道劍光已擊下！

龍飛的劍！

那條黑蜥蜴立時被劍擊碎，一截尾巴卻仍在跳躍。

龍飛一偏身，將那截蜥蜴尾巴踩在腳下，握劍的手腕竟然顫抖起來。

有生以來，他還是第一次遇上這麼妖異，這麼恐怖的事情，冷汗已經從他的額上淌下。

他就像剛發了一場噩夢，剛從噩夢中醒過來。

白三娘已驚嚇得癱軟地上。

蕭立自然比兩人更難過，整張臉的肌肉都在顫動，悲憤已極，突然狂笑起來。

那其實也不知是笑還是哭。

他狂笑著道：「原來如此，我總算明白，總算明白了！」

龍飛啞聲道：「前輩，你到底明白了什麼？」

蕭立仰天嘶聲說道：「木像的嘴巴裂開，黑蜥蜴爬出來，就是這件事情的預兆！」

龍飛不由自主的點頭。

蕭立悲呼道：「這難道就是報復？」

龍飛一怔。

蕭立接吼道：「這若是報復，應該降臨在我本人的身上才是，怎麼降臨到我的兒子身上。」

他目眥迸裂，怒瞪著天空，又吼道：「蒼天蒼天，天理何在？天理何在？」

龍飛忍不住問道：「前輩，這究竟是怎麼一回事？」

蕭立道：「你看！」猛將蕭玉郎的屍身反轉，連隨一爪撕下他後背的衣衫。

在他的後背接近左肩之處，有一顆黑痣。

那顆黑痣一寸長短，赫然就像是一條黑蜥蜴斜伏在那裡。

蕭立就指著那顆黑痣，道：「你看到沒有？」

龍飛道：「是一顆黑痣。」

蕭立道：「表面上看來是的。」

龍飛道：「這顆黑痣難道與一般的有什麼不同？」

蕭立點點頭，閉上了眼睛，沉默了下去。

龍飛只有等。

蕭立並沒有讓他久候，很快便張開眼睛，道：「說起來，這已是二十多年之前的舊事。」

語聲逐漸的平淡，蕭立激動的心情顯然已平靜了下來，接道：「詳細的日子我忘記了，只記得那一年夏天某日，我與丁鶴在荒野走過，無意看見了一條蜥蜴！」

龍飛道：「黑色的？」

蕭立點頭，道：「不錯，是一條黑蜥蜴，那條黑蜥蜴比一般的蜥蜴最少大一倍，我平生最討厭蛇蟲鼠蟻之類的東西，很自然的挺槍刺去，當時，丁鶴曾經一再阻止！」

龍飛道：「為什麼？」

蕭立道：「他的理由是，蜥蜴並不是一種害蟲，而且那麼大的一條蜥蜴也實在罕有，殺了未免太可惜，也有傷天理！」

龍飛道：「前輩結果有沒有將之刺殺呢？」

蕭立點頭道：「我要做什麼事情，從來沒有人能夠阻止。」

龍飛道：「我那丁師叔當時勢必很不高興。」

蕭立道：「他是有些不高興，不過只是一會兒，就笑了起來，對我說那條蜥蜴那麼巨大，也許已通靈，我將牠殺死，只怕牠冤魂不散，去找我報仇。」

龍飛道：「哦？」

蕭立道：「這當然只是說笑，我也根本就沒有放在心上，誰知道那之後不久怪事就發生了。」

一頓接說道：「首先就是玉郎的背後出現了這樣一條黑蜥蜴也似的痣。」

龍飛道：「前輩發現了這顆黑痣，勢必會想起我那丁師叔的說話。」

蕭立道：「當時我實在嚇了一跳，也不知如何是好，無奈惟有靜觀其變，且看將來如何。」

龍飛頷首道：「只有這樣子。」

蕭立道：「那之後幾年，倒沒有什麼，只是那顆黑痣日漸明顯，小畜牲的性格亦日趨古怪。」

龍飛道：「是如何古怪？」

蕭立道：「他膽小畏事，一日比一日柔弱，但卻是處處彷佛與我作對一樣，比如我叫他練武，他總是不起勁，有空就溜出去，看村前那個丘老頭雕刻佛像，甚至竟私下拜丘老頭為師跟他學習雕刻。」

嘆了一口氣，蕭立接道：「這方面他倒是很用心，不久就上手，丘老頭似乎也看出他是一個天才，便將那幾下子壓箱底的本領完全傳授給他，到我發覺要制止時，已經太遲了。」

龍飛並不奇怪，好像蕭立這種粗心大意的人，要將他瞞住應該不是一件困難的事情。

蕭立嘆口氣道：「丘老頭死後，小畜牲甚至接手替附近那些寺院刻起佛像來，我一怒之下，就嚴禁他再踏出家門半步，誰知道他竟然在家中大刻蜥蜴，沒多久，居住的院落之內，放目全都是蜥蜴，大大小小，數以百計，他刻工精巧，簡直就像真的一樣，害得我一踏入他那個院落，便不由心驚肉跳！」

龍飛道：「何以他這樣？」

蕭立道：「只有一個解釋，丁鶴並沒有說錯，那條大蜥蜴真的已通靈，冤魂不散，附在玉郎身上。」

龍飛苦笑著道：「看來只有這樣解釋了！」

蕭立淒然道：「但這是我一個人闖下的禍，沒有理由遷怒於我的兒子。」

他說著將玉郎的屍體放下，連棺材帶屍體雙手托起來，向大堂那邊走去。

腳步沉重而緩慢。

這片刻之間，他彷彿已老了好幾年。

龍飛看在眼內，一時間也不知道應該說什麼，只有一聲微喟。

蕭立前行了兩步，好像才想起龍飛，停步回頭道：「小飛，你今天來得實在不是時候。」

龍飛搖頭道：「前輩千萬要……」

蕭立乾笑道：「我活到這個年紀，還有什麼看不開的，過些日子我再請你來喝酒。」

龍飛無言。

蕭立轉顧道：「三娘，替我送客。」

白三娘老淚縱橫，嗚咽著點頭。

龍飛腳步欲起又落，沉吟的道：「晚輩……」

蕭立道：「你有話無妨直說。」

龍飛道：「晚輩希望能夠到昨夜的地方再看看。」

蕭立不假思索道：「好！叫三娘給你引路。」

他腳步再起，才跨出一步又停下來，道：「紫竺那邊你小心一點，她的雕像落在那個怪人的手中，只怕是另有作用。」

龍飛聳然動容，說道：「晚輩自會小心。」

蕭立第三次舉步，這一次沒有再停下了。

龍飛目送蕭立進大堂，才對白三娘道：「老人家告訴我該走那邊，讓我自己過去好了。」

白三娘搖頭道：「你跟我來。」

龍飛只有跟在白三娘身後。

◇

轉回廊，穿過一道月洞門，一條花徑，再一道月洞門，龍飛目光及處，不由心頭一凜。

那道月洞門之內，是一個頗寬敞的院落，大大小小，到處赫然都爬滿了蜥蜴！

黑蜥蜴！

有的短只幾寸，有的長逾一丈，有的昂首吐舌，作吞天之狀，有的張牙舞爪，似乎要擇人而噬般，但都是趴在那裡，一動也不動。

龍飛抄起了其中一條一看，是木刻的，卻被漆成了黑色。刻工精細，神態活現。

白三娘即時回過頭來，道：「這就是大少爺居住的地方。」

龍飛道：「他花在這些蜥蜴上的時間可不少！」

「以前他不是這樣的。」白三娘的眼淚又流下。

龍飛追問道：「那，這是什麼時候開始？」

「在夫人死後。」白三娘的腳步更沉重。

龍飛轉問道：「這幢莊院除了蕭老前輩三父子與你老人家外，還有什麼人？」

白三娘道：「沒有了。」

龍飛說道：「蕭老前輩就只有兩個兒子？」

白三娘道：「不錯。」

龍飛道：「這麼大的莊院應該有幾個婢僕來打點一下。」

白三娘道：「原是有的，夫人死後，才被老爺一一辭去。」

龍飛道：「又為了什麼？」

白三娘道：「老爺意思，一來可以節省開支，二來樂得耳根清淨。」

龍飛道：「哦？」

白三娘道：「這因為大少爺不務正業，二少爺生來是個白痴，終日亂語胡言，那些婢僕瞎自忖度，不免有些閒言冷語。」

龍飛道：「他們都走了，剩下你老人家一個人打點這麼大的地方，一定很辛苦了。」

白三娘道：「不外洗洗衣服，燒燒飯菜，也不見得怎樣辛苦。」

龍飛道：「老人家在這裡相信已不少時日。」

「好幾十年了。」白三娘回憶著說道：「我是老主人自幼買回來侍候仙君小姐的。」

龍飛恍然道：「老人家原來是白家的人。」

白三娘道：「這個莊院原就是白家的產業。」

龍飛道：「哦？」

白三娘又解釋道：「老爺乃是白家贅婿。」

龍飛大悟道：「難怪老人家說在這裡已經有好幾十年。」

白三娘道：「我看著小姐長大，看著小姐結婚生子，看著大少爺長大成人，誰知道還看著他們去世……」

說到傷心的地方，白三娘的眼淚不禁又流下。

龍飛微喟道：「事情既然已經發生了，老人家還是保重身體要緊。」

白三娘彷彿沒有聽到，突然一旁坐下，挨著一條巨大的木刻黑蜥蜴痛哭起來。

龍飛呆在一旁，也不知道如何是好。

白三娘雖然傷心，並沒有忘記蕭立的吩咐，哭了一會兒，就站起身子，蹣跚著繼續前行。

轉花徑，穿過東牆那道月洞門，終於來到後院。

草長沒脛，風吹蕭索，雖則在白天，後院看來仍然是荒涼之極。

龍飛目光一轉，從那座假山，趴在假山的那條蜥蜴，被他一劍刺殺在假山前的那隻烏鴉之上掃過，昨夜猶如噩夢一樣的遭遇又一一浮現眼前。

他脫口問道：「這後院怎麼如此荒涼？」

白三娘顫聲應道：「夫人死後，這附近便有些不安寧，老爺雖然不信邪，也不想下人在夫人生前喜歡的地方肆意出入，索性將這個後院封閉。」

她指著那邊一幅矮牆，接道：「那裡本來還有一道門，通往下人居住的地方，給封了之後，要到這裡來，除非走後門，否則就必須經由大少爺居住的地方。」

說話間，兩人已來到。

龍飛信口問道：「你們大少爺是否時常都外出不返？」

白三娘道：「三年前倒是的，自從夫人死後，他就像變了另外一個人，非獨足不出戶，而且不時日以繼夜，廢寢忘食的躲在那邊兒雕刻蜥蜴。」

——這個人難道真的著了魔？

——難道竟然真的有這種怪事？

龍飛奇怪之極。

◇◇◇◇

寂寞梧桐深院鎖清秋。

龍飛又來到那座小樓之前。

那座小樓在白天看來，就像是一幅褪了色的扇面。

雖然褪了色，還是很可愛。

這可愛之中，彷彿又隱藏著某種難以言喻的可怕。

龍飛有這種感覺。

——是不是因為昨夜的遭遇影響？

白三娘忽然問道：「龍少爺，你昨夜真的在這裡看見了我們夫人？」

龍飛道：「是真的，不過，那也許是你們大少爺。」

白三娘又問道：「後來就化做白煙飛上天？」

龍飛道：「除了那股白煙之外，我其實沒有看見什麼。」

白三娘流淚道：「夫人生前是一個好人，怎會死後變成那樣子，一定是蜥蜴作怪！一定是！」

龍飛苦笑道：「她生前，一直就住在這座小樓之內？」

白三娘道：「是婚前，不過婚後，日間她有時也會到來坐坐。」

龍飛一步跨進小樓之內，又問道：「你們這裡有沒有一隻大黑貓？」

白三娘道：「有，龍少爺見過牠？」

龍飛道：「在昨夜。」

白三娘道：「在哪裡？」

龍飛道：「就是在這座小樓之內，我見到牠的時候，牠口中正叼著半截死老鼠。」一邊說邊抬手指了指。

那半截死老鼠仍然在地上。

白三娘循指望去，嘟喃道：「怪不得昨天到處都找不著牠，原來牠躲進來這裡，可是，牠怎麼進來的？」

龍飛道：「這座小樓一直都空置？」

白三娘道：「是夫人的主意。」

龍飛道：「也一直關著？」

白三娘道：「除了我每隔半月到來打掃一次之外，都是關著。」

龍飛道：「上次打掃是什麼時候？」

白三娘道：「前幾天的事了。」

龍飛問道：「老人家會不會忘記了關門？」

白三娘道：「我雖然老了，這記性還是有的。」

龍飛轉問道：「莊院的後門自然就更少打開了。」

白三娘答道：「最少有三年沒有打開過。」

龍飛道：「昨夜卻一推就開。」

白三娘道：「我還以為你們是跳牆進出的。」

龍飛道：「哦？」

白三娘道：「今天早上我檢查過門戶，可是內門好好的關著。」

龍飛一怔。

白三娘連隨走過去拾起兩塊碎裂的窗櫺，將那截死老鼠挾起來。

龍飛即時又問道：「蕭老前輩昨夜不在家？」

白三娘點頭，道：「外出已經兩天了，今天早上才回來。」

龍飛道：「難怪昨夜不見他到來一看究竟。」

白三娘道：「老爺朋友很多，以前在家的時候幾乎可以數出來，夫人死後，萬念俱灰，才待在家中，但一個月中，總有三兩天外出散心去的。」

龍飛道：「他看來仍然那麼豪爽。」

白三娘嘆了一口氣，也沒有再說什麼，挾著那截死老鼠往外走去。

龍飛也沒有叫住白三娘，負手在樓中仔細的觀察起來。

他緩步踱了一圈，在那扇屏風之前停下。

屏風上面的血漬已經凝結！

這到底是人血？是鼠血？還是妖血？

他的目光停留在那灘血漬之上一會，忽然緩緩下移，落在地上。

在屏風架底下的地上，赫然又有一滴血。

那滴血很小，又在屏風架底下，不十分留意，實在不容易發現。

龍飛蹲下身子再內望。

那滴血稍入還有一小灘的血。

血之上竟然有一截斷指！

這時候，白三娘的腳步聲已轉回來小樓這邊，龍飛不假思索，右手迅速將那截斷指拾起來，左手同時掏出懷中汗巾，將那截指包起來。

白三娘再進入小樓的時候，龍飛已經站起身來將包著斷指的那一塊汗巾藏在衣袖裡。

他若無其事的四下再張望一會。

白三娘看著看著，忍不住問道：「你到底要找什麼？」

龍飛沉吟道：「我昨夜在這裡看見了一扇屏風。」

白三娘詫異道：「屏風不是在你身旁嗎？」

龍飛道：「我看見的那扇屏風並不是這樣。」

白三娘道：「那是怎樣？」

龍飛道：「那扇屏風之上畫著一個半人半蜥蜴的怪物，正在吮吸一個女人的腦髓。」

白三娘打了一個寒噤，搖頭道：「我從來沒有見過一扇你說的那樣的屏風。」

龍飛道：「但……」

白三娘道：「那準是妖術變的！」

龍飛只有苦笑。

——也許我應該找師叔，開門見山問一個清楚明白。

龍飛沉吟了一下，對白三娘苦笑道：「果真是這樣，找下去也是白找。」

白三娘道：「公子意下如何？」

龍飛微喟，說道：「還是暫時回去好了。」

白三娘道：「我也得回那邊看看老爺怎樣。」

龍飛道：「在這個時候打擾你們，實在過意不去。」

白三娘道：「公子言重。」

龍飛微微一揖，舉起腳步。

白三娘跟上去，一面道：「聽說公子快要與紫竺小姐成親了。」

龍飛道：「是這樣打算。」

白三娘道：「紫竺小姐實在是一個很好的女孩子，可惜我們大少爺不爭氣，惹她討厭。」

龍飛試探道：「你們夫人的反對，聽說也是一個原因。」

白三娘道：「也是。」

龍飛道：「究竟又為了什麼？」

白三娘道：「好像是因為他們兩人的性情格格不入。」

她嗚咽著道：「現在還說這些做什麼呢？」

龍飛也就在白三娘的嗚咽中離開蕭家莊。

走的是後門。

## 十 人間地獄

秋風落葉，長街蕭條。

出了蕭家莊，雲又已散去。

連這雲也好像詭異起來。

龍飛披著陽光，躑躅街頭，彷彿一些都感覺不到陽光的溫暖，他心頭上那股寒意並沒有被陽光驅走。

——昨夜那個藍衣人是否就是丁鶴？

——倘若是，他與白仙君又是什麼關係？

——如何進出那座小樓後又現身書齋？

——方才拾到的那截斷指又是否屬於他所有？

龍飛的腦海中不覺浮現了丁鶴面色蒼白，裹著左手，幽然在書齋那扇屏風旁邊出現的情景。

這一切疑問，只有丁鶴才能夠回答！

但丁鶴會不會回答？

龍飛思潮起伏，也不知走出了多遠！

——無論如何今天都要問他一個清楚明白。

龍飛打定了主意，腳步自自然然的停下來，他這才發覺置身長街之中，丁家莊、蕭家莊都已在視線之外。

他啞然一笑，正待回頭走，就留意到一群人正從前面急急奔來。

——莫非又有什麼事情發生？

龍飛心念一動，凝目望去。

那群人帶頭一個身穿官服，虬髯環眼，捉鬼的鍾馗一般模樣，那不就是捕頭鐵虎。

跟著鐵虎後面的七八個捕快，擁著一個猥瑣的瘦老頭兒。

鐵虎也發現了龍飛，老遠就振亢大呼道：「龍兄！」

龍飛靜立在那裡，只等鐵虎近來。

◇◇◇

風頗急，遍地落葉給吹得簌簌飛舞。

鐵虎人如急風，疾奔至龍飛的身旁，道：「我正要叫手下到丁家莊通知你，想不到就在這裡遇上，好極了。」

龍飛詫異道：「什麼事？」

鐵虎道：「你所說的那個怪人又出現了。」

龍飛急問道：「在哪裡？」

鐵虎道：「鎮西的義莊！」

「方才？」

「昨夜！」

「誰看見？」

鐵虎側身指著那個瘦老頭兒，道：「就是看守義莊的這個老仵工何三。」

龍飛道：「事情到底是怎樣？」

鐵虎道：「昨夜他在睡夢中被一聲巨響驚醒，出去停放棺材的大堂一看，就看見一個車把式裝束的漢子搬來一副棺材，竟然將別人的棺材從凳上推下，將搬來的棺材放了上去。他正要上前追究，忽然聽到棺材中有女人呻吟的聲音傳出來！」

龍飛道：「哦？」

鐵虎道：「那個車把式似乎因為聽到聲音，將棺蓋打開，放在棺材裡的竟然是一個木美人。」

「木美人？」龍飛聳然動容。

鐵虎道：「那個木美人竟然會說話，問那個車把式那是什麼地方。」

龍飛道：「那個車把式有沒有開口回答他？」

鐵虎道：「在那個車把式開口之前，何三已脫口應是義莊。」

龍飛追問道：「後來又是怎樣？」

鐵虎道：「一聽到是義莊，那個木美人就叫起來，叫不要將她放在義莊內。」

龍飛連聲追問道：「後來呢？」

鐵虎道：「那個車把式蓋上棺材，怪叫一聲向何三迫去，何三給他嚇倒在地上，剛正好看見他的臉！」

「他的臉怎樣？」

「長滿了蛇鱗，看來他就是你日間遇見的那個怪人。」

「只怕就是了。」

「他那雙手也長滿蛇鱗，摸上何三的臉頰，而且吐出了一條血紅色的舌頭。」

龍飛目光轉向何三，道：「他將你怎樣了？」

何三顫聲道：「我也不知道，看見他那條舌頭，就暈過去了。」

他顯然猶有餘悸，一張臉蒼白如紙。

鐵虎接道：「他醒來的時候，已經日上三竿。」

龍飛道：「那個怪人離開了沒有？」

鐵虎道：「已經不在了，棺材卻沒有帶走，所以他立即走來告訴我們。」

龍飛道：「義莊離開這裡有多遠？」

鐵虎道：「半盞茶不到。」

龍飛道：「我們快趕去！」

他比誰都著急。

——那個木美人是否就是酷似紫竺的那個？

——木美人何以能夠說話？

——那個怪人此番舉動到底又有什麼目的？棺材現在是否仍然在義莊內？

龍飛剛平靜的心湖又動盪起來。

◇

第一個進入義莊的是龍飛，第二個才是鐵虎。

雖然是白天，而且正午時分，義莊的大堂仍然是陰陰森森的，絲毫的生氣彷彿也都沒有。

一股難以言喻的味道蘊斥在空氣中，既不臭，也不香，古古怪怪，嗅來總覺得有些不舒服。

眾人中只有何三若無其事，他已經習慣。

鐵虎並非第一個察覺，卻是第一個發問：「這是什麼氣味？」

龍飛搖頭道：「不知道。」

鐵虎轉望何三！

何三鼻翅抽動了幾下，卻道：「怎麼我嗅不到？」

鐵虎恍然道：「那勢必是義莊原有的氣味了。」

龍飛目光一掃，戟指道：「是否那副棺材？」

何三點頭道：「就是那副了！」

龍飛轉顧鐵虎道：「大小形狀與我昨天遇到的那副簡直完全一樣！」

鐵虎道：「只怕就是那副了！」把手一揮，跟在他後面的那幾個捕快立即四面散開，刀紛紛出鞘，「嗆啷」聲不絕。龍飛連隨舉步向那副棺材走去。

棺蓋並沒有關緊，斜斜的露出了寸許闊一條空隙。

何三看著看著，倏的叫起來：「我離開之前，棺材不是這樣的。」

龍飛應聲停步，道：「本來怎樣？」

何三道：「蓋得很密，並沒有空隙。」

龍飛道：「哦？」

他正待舉步，突然聽到了貓叫聲。

咪——嗚！

貓叫聲淒厲而恐怖，竟然是從那副棺材內傳出來。

龍飛心頭一凜，鐵虎聳然動容，八個捕快全都變了面色，何三更就當場退縮一角。

咪——嗚！

又一聲貓叫，那副棺材的棺蓋颯的飛了起來，正飛向龍飛。

聲勢淒厲！

不能閃避，因為一閃避，站在後面的兩個捕快就得被棺蓋撞中。

龍飛當機立斷，剔眉，怒喝，揮拳，痛擊在棺蓋上！

「轟」一聲，棺蓋碎裂橫飛！

一隻大貓即時從棺中跳出來，竄上了旁邊的一副棺材上。

正是龍飛、鐵虎昨夜在小樓中看見的那隻大黑貓。

——牠怎會在這副棺材內？

龍飛詫異，鐵虎同樣驚訝。

黑貓的嘴巴血漬未消。

是鼠血？妖血？抑或是人血？

他們雖然都目睹那隻黑貓叼著半截死老鼠，這剎那，仍然生出了這個疑問。

也許因為事情的詭異，連他們的思想也變得詫異起來。

那隻黑貓吐出長長的舌頭，舐了舐嘴巴，「咪嗚」又一聲，棺材過棺材，迅速的走向何三那個房間。

沒有人阻止，一件更詭異的事情正在他們的眼前出現！

龍飛雙目圓睜，雙拳緊握，鐵虎那副神態比鍾馗只有過之，一嘴鬍鬚彷彿都翹了起來。

他的一雙手都已握在腰間那條鐵鍊之上，握得緊緊的，手背的青筋蚯蚓也似條條怒起。

他們的眼睛都瞪著那副棺材，一瞬也不瞬。

一個木美人正從那副棺材內殭屍般立起來！

——紫竺！

龍飛在心底呻吟。

那正是他昨日見到的，酷肖紫竺的那尊木像。

——木美人又怎會起立？

美麗的臉龐，豐滿的身材，那尊木美人栩栩如生，充滿了誘惑。

可是眾人一些色情的念頭也都沒有，全都已驚呆！

一陣「桀桀格格」的怪笑聲即時從棺材中傳出來。好可怕的笑聲。

何三與那些捕快的魂魄也幾乎給笑散了。

龍飛的面龐卻沉下來，鐵虎一雙眼睛睜得更大。

他們都聽出笑聲發自棺材內，絕不是那個木美人在發笑。

——棺材莫非真的有兩層？

——是誰躲在那裡頭？

龍飛滿腔疑惑，連跨兩步。

鐵虎亦衝前兩步，一雙手握得那條鐵鍊更緊。

怪笑聲不絕。

鐵虎忍不住厲聲喝道：「是誰躲在棺材裡裝神弄鬼？」

怪笑聲立斷，一個比笑聲更怪異的語聲在棺材內響起來，連聲道：「好玩，好玩！」

鐵虎怒叱道：「誰！滾出來？」

一個人應聲，「叮叮噹噹」的在棺材內站起了身子。

矮矮胖胖的一個人，站起來，才到那個木美人的肩頭。

他長得不算難看，圓圓的眼睛，圓圓的鼻子，圓圓的嘴巴，圓圓的臉龐，就像是小孩子在冬天堆的那種雪人。

他的面色卻非獨不白，而且紅得像一個快熟透的蘋果，身上的衣衫也是一色的紅。紅得就像是鮮血。

在前胸正中，卻用墨畫了一隻烏龜。

他一臉傻笑，笑得就像是一個白痴，年紀看來並不大，最多似乎也不過十四五歲。

在他的手腕足踝之上都戴著一個小小的鈴鐺，一動便「叮噹」作響。

龍飛從來沒有見過這個人，也從來沒聽見過一個這樣子的人。

鐵虎與龍飛一樣。

紅衣人正望著鐵虎傻笑。

鐵虎給笑得毛骨悚然，不覺脫口道：「你到底是人是鬼？」

紅衣人竟鸚鵡學舌般，反問道：「你到底是人是鬼？」

鐵虎瞪眼道：「回答！」

紅衣人似乎一怔，忽然叫起來：「媽呀，原來是捉鬼的鍾馗大老爺！」

他居然也知道捉鬼的鍾馗。

鐵虎不禁有些啼笑皆非的感覺。

紅衣人叫著跳起身子，一跳竟然有丈八，凌空翻了一個筋斗，斜落在後面一副棺材上。

鐵虎看在眼內，大吼一聲：「哪裡走！」手一拉再一抖，「嘩啦啦」一陣亂響，那條鐵鍊有如飛蛇般纏向紅衣人的足踝上！

紅衣人連聲怪叫：「大老爺饒命，大老爺手下留情！」矮矮胖胖的那個身子一扭，跳到第二副棺材之上，及時避開了鐵虎那條鐵鍊。

鐵虎一聲：「好！」鐵鍊追纏。

紅衣人「哇哇」怪叫，一臉驚恐的表情。

他這樣害怕鍾馗，不成是小鬼一名？

可是大白天，小鬼又怎敢出現？

他雖然驚恐，身形卻一些不慢，橫跨一副棺材，又將鐵鍊避開。

鐵虎毫不放鬆，急追兩步，鐵鍊第三次揮出去！

紅衣人驚魂之色陡散，大叫道：「大老爺不肯放過小鬼，小鬼要反了！」

他終於自稱小鬼。

大白天這樣出現，這個小鬼的道行也不算小了。

語聲未落，他突然回撲，雙手一錯一翻，竟然就抄住了鐵虎那條鐵鍊。

他出手之快，就連龍飛也為之側目，方待叫鐵虎小心，鐵虎的鐵鍊已被抄住。

這到底是法術還是武功？

鐵虎甚至不知道自己那條鐵鍊如何被那個紅衣人抄住，這一驚實在非同小可。

紅衣人一把抄住鐵鍊，右腳連隨踢過去。

一踢十七腳，踢向鐵虎手腕，臂膀，又快又準又狠！

鐵虎不能不鬆手棄鍊倒退閃避。

紅衣人沒有追擊，一收腳，在棺材上坐下來，反覆打量了奪來的那條鐵鍊幾眼，大笑道：「有趣有趣，大老爺不用劍，用鍊子！」

鐵虎又驚又怒，方待怎樣，眼角就瞥見一道寒光哧的飛過來。

是劍光！

龍飛終於出手了！

他連人帶劍凌空直取那個紅衣人！

那個紅衣人直似未覺，但突然發覺，驚呼一聲：「劍來了！」連翻三個觔斗。

龍飛的一劍竟然落空！

紅衣人落在旁邊的另一副棺材之上，驚望著龍飛，道：「是你，你是誰？」

龍飛道：「是龍飛！」

紅衣人奇怪地問道：「龍飛是什麼東西？」

龍飛冷笑道：「一個人！」

紅衣人問道：「不是大老爺收服的小鬼？」

龍飛叱喝道：「胡說什麼，還不將鐵鍊放下！」

紅衣人道：「你這個人說話這樣凶，才不依你！」

鐵虎這時候已經取過手下捕快一張長刀，一個箭步標回來，暴喝道：「大膽狂徒，還不束手就擒！」

「束手就擒？」紅衣人一呆，又笑道：「大老爺莫不是要拿小鬼？」

他連隨招手，道：「你來拿我啊！」

鐵虎揮刀怒撲了過去！

紅衣人鐵鍊立即揮出，那條鐵鍊在他手中使來，比鐵虎何止凌厲一倍！

「呼」的風聲暴響，鐵鍊未到，帶起的勁風已激起鐵虎的衣袂。

鐵虎只聽風聲，已知道厲害，長刀一震，「刷刷刷」三刀砍出。

「叮叮叮」三聲，三刀都砍在鐵鍊之上，砍出了火花！

那條鐵鍊一捲，將刀鋒捲住。

鐵虎暴喝抽刀！

刀不動，龍飛即時飛至，刺向紅衣人握刀的手腕。

劍快如閃電，紅衣人急忙鬆手，吃驚的道：「還是你厲害！」

龍飛冷笑，一連三劍刺去。

他劍作判官筆使用，三劍都點向紅衣人小腿的穴道。

紅衣人倒踩七星步，連閃三劍，已到了棺材盡頭，一腳踩空，就從棺上摔落！

「叭」一聲，竟然結結實實的摔在地上。

以他的武功，怎會這樣子？

龍飛不由就一怔。

紅衣人連隨爬起身子，一手摸著後腦，忽然「哇」的哭出來。

鐵虎也一怔。

紅衣人哭了幾聲，拿下手一看，又破涕為笑，道：「總算沒有穿。」

鐵虎叱道：「你小子倒也會裝模作樣！」飛步標前。

紅衣人一眼瞥見，急忙跳起來。

鐵虎一聲，「倒！」鐵鍊飛纏紅衣人的雙腳，誰知道紅衣人凌空一個觔斗，頭上腳下，雙手一抄，又將那條鐵鍊抄住，半空同時出腳，急踢鐵虎面門。

他身形變化之迅速，出手之詭異，非獨鐵虎意外，就是龍飛，也一樣的感到意外。

鐵虎的鐵鍊第二次脫手。

紅衣人凌空一踢，聲勢凌厲，不由他不鬆手急退。

他左手仍握著那張長刀，一退即回，刀交右手，急劈七刀。

紅衣人以鐵鍊連擋七刀，突然倒退了開去。

龍飛人劍已到了。

紅衣人一退讓開龍飛凌空刺來一劍，他連退四步，大叫道：「兩個打一個，你們都不是英雄好漢。」

龍飛、鐵虎追前的身形立時一頓。

紅衣人繼續叫道：「我也叫我朋友幫手！」

鐵虎冷笑道：「你只管把他們叫出來吧。」

紅衣人立即叫道：「尚大哥，你替我揍這個有鬍子的。」

語聲一落，他突然拋下鐵鍊，左手掀開身旁那副棺材的棺蓋，右手連隨將那副棺材推起來。

隆然一聲，棺材落地，一個人從棺材中撲出來。

撲向鐵虎。

死屍！

◇

那副棺材木漆剝落，也不知存放在義莊之內多久，棺中死屍的肌肉大半已經消蝕，形相恐怖之極！

鐵虎實在想不到，紅衣人的朋友竟然是這種朋友，驚呼急閃，那個死屍在他身旁飛過，撲在他後面一個捕快的身上。

死屍恐怖的臉龐幾乎就與那個捕快的臉龐合在一起。

那個捕快毛骨悚然，怪叫一聲，想將死屍推開，誰知道手腳都已經駭得軟了，「咕咚」的與那個死屍一齊倒下。

他好容易才將那個死屍推開，一張臉已駭得發青，立即嘔吐起來。

嘔吐出來的都是水。

苦水！

◇◇◇◇

「李伯伯，你也來幫忙！」

「孫叔叔，勞煩你對付那個用劍的龍……是龍飛！」

「高嬸嬸，張姊姊，半邊臉老董，一隻腳阿毛，大家都出來呀，幫幫老朋友的忙！」

紅衣人身形如飛，呼叫不絕，轉瞬間，十多副棺材內的死屍都給他請了出來。

有男有女，有老有少。

有個只得半邊臉，有個僅剩一條腳。

有兩個甚至頭顱也沒有！

沒有一個活人，全都是死屍！

有的已死了多年，只剩下骷髏骨，有的卻新死不久，肌肉才開始腐爛，上面還爬滿蛆蟲。

一時間亂飛，死屍狂撲，惡臭撲鼻，義莊簡直就像變成了地獄。

人間地獄！

鐵虎雖然膽子大，任職捕頭這些年以來，開棺驗屍之類的經驗，亦已不少，但幾曾遇過這種場面，不由亦心膽俱寒。

那些捕快亦是驚恐欲絕，他們雖然大都是已跟了鐵虎多年，但膽子絕不比鐵虎大。

一個捕快已忍不住逃了出去，三個捕快在嘔吐，還有四個也好不到哪裡去！

他們兩個被死屍壓在身上，一個半跪在地上，似已駭得站都已站不起來。

其餘那個手握長刀，不錯仍然還站在那裡，而且還站得很穩，但是雙眼發直，看樣子似乎已駭呆了。

何三更早已癱軟在那邊。

龍飛也狼狽得很！

兩個死屍先後向他飛過來，一個新死不久，腥臭的屍水幾乎濺在他的身上！

他一一閃開，身形一拔，掠上了其中一副棺材之上！

「呼」又是一具死屍向他飛至。

龍飛偏身避過，厲聲道：「住手。」頎長的身子離弦箭矢也似射出。

紅衣人方待再將一副棺材打開，龍飛已射至！人到劍到。

紅衣人知道厲害，手一縮，身一倒，皮球般滾了出去。

龍飛身形方落，紅衣人已滾至那邊牆角。

牆角上斜放著一隻竹竿，紅衣人一把正好抄在手中，身子同時彈起來。

他一竹在手，簡直就像變了一個人，那一臉癡呆的神態消散，換過來一臉的肅穆！

紅衣人雙手持竹，一捋一沉，斜指著地面，竟然擺出了槍法中的「滴水勢」！

龍飛也發覺了，半起的身形非常自然的停下來。

龍飛心頭一動，方待開口，紅衣人大喝一聲，已經一竹竿刺來。

迅速而急勁，用的正是槍法中的「問路式」！

龍飛劍一展，將竹竿震開。

紅衣人剎那連聲叱喝，竹竿亂箭般標出，一刺十六槍，再刺三十二，迅速而狠勁，角度刁鑽，刺的無不是龍飛必救的要害！龍飛一劍千鋒，盡快封出外門。

紅衣人槍勢不絕，接連又三十二槍，變換之迅速，龍飛也覺得意外。

他從來都沒有見過這種槍法，不過那剎那之間他卻已經看出紅衣人的功力並未足。

槍法卻是無懈可擊。

——這到底是什麼槍法？

龍飛再接紅衣人三十二槍，意外的竟然發現破綻。

縝密的槍勢之中不知是否因為紅衣人功力不足，還是本來如此，三十二槍刺盡，並未能夠像前一次那樣迅速接上。

龍飛一劍立即搶入。

誰知道那一劍才刺出一半，一竹竿就向咽喉標來！

以龍飛目光的銳利，竟然瞧不出那一竿如何刺來。

這破綻不成就是陷阱？

好一個龍飛，反應的靈敏實在非同小可，那剎那身形一偏，及時將竹竿閃開。

那支竹竿颼地從龍飛頸旁刺過，猛一震，突然斷下了兩尺長的一截。

竿勢本來已走老，因為斷了這一截，又靈活起來，迅速的一吞一吐，刺向龍飛的心胸！

這一著更出人意料！

龍飛到底是高手之中的高手，眼利，手快，手中劍那剎那一彈，竟然又能夠及時將竹竿以劍震出外門。

他卻已嚇了一跳！

紅衣人若非功力不足，這一著他實在不可能接得如此容易，說不定還會傷在這一著之下。

鐵虎在旁邊看得真切，亦不禁替龍飛捏了一把汗。

紅衣人似乎想不到龍飛竟然能夠閃開他這兩著，怔在那裡。

龍飛正想衝前去，紅衣人忽然道：「你怎麼不倒下來？」

「你的槍法還未練到家！」龍飛實在是奇怪，但仍然回答。說的也是老實話。

紅衣人一聽，頓足道：「你騙我！」

龍飛一怔道：「為什麼我要騙你？」

紅衣人倏的睜大眼睛，驚恐的望著龍飛，大叫道：「我知道了，你不……不是人！是妖怪！」

龍飛又是一怔。

紅衣人接道：「我爹爹說過，這兩槍刺出，什麼人都得倒下！」

龍飛奇怪道：「你爹爹是誰？」

紅衣人驚叫道：「你害我還不夠，還要害我爹爹？」

龍飛啼笑皆非，叱道：「胡說！」

紅衣人瞪著他，連聲道：「妖怪！妖怪！」突然將竹竿丟下，雙手掩眼，往承放棺材的凳子下鼠竄！

龍飛心頭又是一動，倏的一個飛身，長劍一引，連點紅衣人背後十三處穴道！

紅衣人根本沒有閃避，穴道一被封，整個人呆在那裡。

龍飛一手將紅衣人扶起來，道：「果然不出我所料。」

鐵虎急步走過來，詫異的問道：「到底怎麼一回事？」

龍飛俯首說道：「這個人，是一個白痴。」

鐵虎一怔，道：「白痴？」

龍飛道：「否則也不會這樣給我封住穴道。」

鐵虎道：「這到底是什麼人，武功竟這樣厲害？」

龍飛尚未回答，軟癱在那邊的何三忽然應道：「他叫做蕭若愚，是鎮內蕭立蕭老爺的兒子。」

鐵虎道：「是『三槍追命』蕭立的兒子？」

何三有氣無力的點頭。

龍飛道：「我們昨夜進去的也就是蕭立的莊院。」

鐵虎道：「我已知道了。」回問何三道：「你認識這個蕭若愚？」

何三又點頭。

鐵虎道：「什麼時候認識的？」

何三道：「大概七八年之前。」

鐵虎追問道：「你怎會認識他？」

何三道：「他不時都走來這裡玩。」

鐵虎道：「玩？」

何三說道：「比如跟那些死人稱兄道弟……」

鐵虎瞪眼道：「他難道不知道這裡是義莊，那些是死人？」

何三苦笑道：「我也不知道他知道不知道。」

鐵虎沉默了下去。

蕭若愚既然是一個白痴，還有什麼事情做不出來。

他環顧一眼地上那些死屍，不由得打了一個寒噤，臉色忽一沉，道：「你怎麼容許他走來這裡玩？」

何三嘆了一口氣，道：「大人以為我阻止得住？」

鐵虎無言。

連他都拿這個白痴沒有辦法，何況何三？

何三嘆息著說道：「這個孩子也實在可憐，在鎮內根本沒有朋友跟他玩耍，只會欺負他。」

鐵虎冷笑道：「誰敢欺負他？」

何三道：「我說的欺負，是戲弄。」

鐵虎道：「嗯。」

白痴的頭腦連小孩也不如，即使他武功怎樣高強，要戲弄他並非一件難事。

何三又道：「他跟那些死人交朋友最低限度有一樣好處，就是那些死人絕不會戲弄他。」

這倒是事實。

鐵虎點點頭，驀地厲喝道：「在這裡玩耍倒還罷了，怎麼你讓他打開那些棺材呢？」

何三一呆道：「方才他那樣，可不是我的主意。」

鐵虎道：「我是說以前。」

「以前我並沒有讓他打開過那些棺材。」何三慌不迭申辯。

鐵虎大喝道：「他沒有打開過那些棺材，怎知棺材中載的是叔叔還是嬸嬸？」

何三一想也是，不由自主的一連打了好幾個冷顫，啞聲道：「也許他乘我不留意或者不在的時候，私自打開來看過。」

鐵虎道：「聽他呼叫得那麼熟落，只怕不是一兩次那麼做了。」

他自己也不禁打了一個冷顫，連隨又問道：「你昨夜有沒有見到他？」

何三搖頭，道：「沒有。」

鐵虎道：「那麼他什麼時候躲進那副棺材之內？」

龍飛插口道：「只有問他了。」

鐵虎目光一閃，道：「他既然是一個白痴，要從他的口中將話套出來，相信並不困難。」

龍飛道：「只管試一試。」手一落一拂，解開了蕭若愚上身被封的三處穴道。

蕭若愚呼了一口氣，立即回復自我。

他雖然是一個白痴，生命力之強盛，比一般人似乎猶勝一籌。

睜眼一看見龍飛，他又叫起來：「妖怪！」

龍飛道：「我不是妖怪。」

蕭若愚搖頭，道：「一定是，否則你怎麼不倒？」

龍飛道：「因為我比你武功更高。」

蕭若愚道：「胡說，你又不是我爹爹，武功怎會比我高，妖怪！妖怪！」

龍飛實在束手無策。

鐵虎即時道：「讓我來。」

龍飛點點頭，劍入鞘，一旁退開去。

鐵虎一把抓住蕭若愚的肩膀，睜眼道：「你看我是誰？」

蕭若愚不假思索地回答道：「鍾馗大老爺！」

鐵虎搖搖頭道：「鍾馗用劍，我卻用鐵鍊，怎會是鍾馗？」

蕭若愚道：「那麼你是誰啊？」

鐵虎道：「我是這裡的捕頭！」

蕭若愚眨著眼睛，問道：「捕頭是什麼？」

鐵虎道：「專捉賊的官！」

蕭若愚大叫道：「我不是賊，怎麼你將我捉住了？」

鐵虎道：「你躲在別人棺材之內，不是偷東西，幹什麼？」

蕭若愚瞟著那酷似紫竺的木美人，分辯道：「那不是別人的棺材，是紫竺姐姐的。」

他竟然也知道那個木美人是紫竺。

龍飛心頭一凜。

蕭若愚繼續道：「我問過紫竺姊姊了。」

鐵虎道：「不管怎麼樣，你這樣躲在棺材之內裝神扮鬼嚇人是犯法的。」

蕭若愚嚷道：「為什麼我不能夠裝神扮鬼嚇人？」

說話中好像另有玄機。

鐵虎心一動，與龍飛相顧一眼。

龍飛點點頭。

鐵虎正想套下去，「轟隆」的霹靂也似一聲巨響，何三居住那個房間的牆壁突然四分五裂！

磚石塵土飛揚中，一個人「咦」的出現！

那個人一臉蛇鱗，頭上紮著一條血紅色的頭巾，身上穿著一襲血紅色的長袍。

這正是龍飛昨日遇見的那個怪人，只不過是換了一身紅衣。

碧綠色的臉龐，碧綠色的雙手，在血紅色的衣裳頭巾襯托之下，更恐怖，更詭異！

眾人霹靂巨響之中齊皆回頭，一見齊皆大驚！

只有那蕭若愚，反而笑起來。

何三旋即怪叫說道：「就是他，就是他！」

語聲尚未出口，那怪人的嘴巴一張，一股白氣箭一樣射出，正射在蕭若愚的面上。

沒有人來得及阻擋，龍飛也來不及。

鐵虎雖然站得那麼近，亦沒有例外，他甚至還沒有生出阻擋的念頭。

蕭若愚「喔」一聲，當場昏迷過去。

那一面笑容同時凝結，變得說不出的詭異。

怪人一口白氣噴出，一個身子便自倒翻。

「錚」一聲劍鋒出鞘聲響，龍飛連人帶劍飛射了過去。

也就在這刹那間，「蓬」一聲，一股白煙在那邊爆開。

整個義莊的大堂迅速被白煙吞噬。

驚呼聲此起彼落！

請續看《黑蜥蜴》下

古龍集外集 3

# 驚魂六記之 黑蜥蜴（上）

作者：古龍 / 創意　黃鷹 / 執筆
發行人：陳曉林
出版所：風雲時代出版股份有限公司
地址：10576台北市民生東路五段178號7樓之3
電話：(02) 2756-0949　傳真：(02) 2765-3799
封面原圖：明人出警圖（原圖為國立故宮博物館典藏）
封面影像處理：許惠芳
執行主編：劉宇青
行銷企劃：林安莉
業務總監：張瑋鳳
出版日期：2022年7月
ISBN ：978-626-7025-97-0

風雲書網：http://www.eastbooks.com.tw
官方部落格：http://eastbooks.pixnet.net/blog
Facebook：http://www.facebook.com/h7560949
E-mail：h7560949@ms15.hinet.net
劃撥帳號：12043291
戶名：風雲時代出版股份有限公司

風雲發行所：33373桃園市龜山區公西村2鄰復興街304巷96號
電話：(03) 318-1378　傳真：(03) 318-1378
法律顧問：永然法律事務所 李永然律師
北辰著作權事務所 蕭雄淋律師

行政院新聞局局版台業字第3595號 營利事業統一編號22759935


**定價：240元**　**版權所有　翻印必究**

國家圖書館出版品預行編目資料

黑蜥蜴／古龍創意；黃鷹執筆. -- 二版.-- 臺北市：
風雲時代, 2022.06
冊；　公分.
ISBN: 978-626-7025-97-0（上冊：平裝）
ISBN: 978-626-7025-98-7（下冊：平裝）

857.9　111006218